看甄嬛學詩詞——六十六首詩詞出戲入戲

時晴 著

目錄

自序

從古典詩詞看《後宮甄嬛傳》

我覺得，《後宮甄嬛傳》是部至少值得看三遍的戲。第一遍，看的是劇情。這部戲情節緊湊，節奏明快，別說是落了一集，即便只落了十分鐘，都很可能在瞬間斗轉星移；第二遍，看的是台詞。有許多話是話中有話、語帶雙關的，要等到第二次重溫時，才會恍然明白這些話原來大有深意；而第三遍，看的是詩詞。

《後宮甄嬛傳》作為古裝大戲，道具、服裝、台詞無不典雅，絕非是滿嘴火星文裡突然穿插兩句李清照那樣的強說愁，更不會出現女主角含情脈脈望著男主角，以一種超級慢速度吟誦古詩、爾後還在四角泛白的回憶畫面裡重播無數次的濫觴，在這部戲裡，詩詞起了畫龍點睛的作用，將各個角色的心情、遭遇，用最精簡的字數──也就是古典詩詞表達出來。

戲能這樣成功，不是沒有原因的，《後宮甄嬛傳》中的各個情節環環相套，每一個細節、每一句台詞都不是沒有意義的，只是，他們的「梗」埋得那樣自然，絕不會拙劣的漏餡，老套的故吊觀眾味口，若你忽略了那些隱藏的暗示，並無礙於你欣賞戲劇，但若你發現了其中關蹺，卻更得其中況味。

比如在第二集中，宮裡派了教習姑姑來為甄嬛講解「嬪妃注意事項」，甄嬛自是用心聆聽，貼身丫鬟流朱和浣碧也睜大了眼睛專心聽著。本來嘛，皇宮是那樣神祕的地方，小丫頭們好奇是自然的，當教習姑姑講到皇后時，浣碧問了一句：「聽說皇后是庶出？」

如果這齣戲你只看了一遍，現在想必對這句台詞毫無印象，因為那也就像是一個好奇的小丫頭，八卦著皇宮裡的隱私而已，但對比於浣碧後來的種種行為，她這句話，在那當時，何嘗不是大有深意？

又或者像甄嬛裡大量引用〈洛神賦〉中的駢句，若你從未讀過〈洛神賦〉，也絕不至於看不懂劇情，但若你讀過〈洛神賦〉，知道這篇駢文出自於曹植之手，知道曹植與曹丕、甄宓之間的歷史故事，又怎能不拜服編劇的巧思，竟早在殿選之時，就藉著皇帝口中誇讚著「甄氏出美人」，預言了之後的發展？

為了完成這本書，我又重看了好幾次《後宮甄嬛傳》，發現即使已經看到第十遍以上，都還是可以發覺許多之前沒發現的小興味。

那麼，就讓我們跟著古典詩詞的腳步，再一次重溫這部清宮大戲吧。

一片冰心在玉壺

芙蓉樓送辛漸　　王昌齡

寒雨連江夜入湖，平明[一]送客楚山孤。
洛陽親友如相問，一片冰心在玉壺。

【注釋】

一、平明：黎明之意。

【語譯】

在迷濛的寒雨和江水連成一片的晚上，我送你到了吳地，天明時我目送你離開，只見到楚山孤絕矗立於河岸旁。

若是洛陽的親友問起我的近況，請告訴他們，我的心就像玉壺中的冰一般高潔光明，清白澄澈。

【從詩詞看甄嬛】

王昌齡是盛唐時期著名的邊塞詩人，但他一生的仕途並不順遂，〈芙蓉樓送辛漸〉是他在江甯丞任內所作，這是一個地方小官，王昌齡被貶於此，心中積鬱，可想而知。

這雖是一首送別詩，但在離別的愁緒之外，詩人更藉由「一片冰心在玉壺」一句，表達了自己即使失意、但並不喪志的高潔品格。

用「玉壺冰」譬喻自己的心志高潔，並非首見於王昌齡的〈芙蓉樓送辛漸〉。六朝時期的詩人鮑照的〈代白頭吟〉中便有「直如朱絲繩，清如玉壺冰」二句；初唐文人姚崇的〈冰壺賦〉則道「內懷冰清，外涵玉潤，此君子冰壺之德也」，更加直接將之比喻為君子在做人處事上務求磊落澄澈的品德。

而在《後宮甄嬛傳》中，實初哥哥手執玉壺、向嬛妹妹求親時，是怎麼說的呢？他說：「家父在世時常說，『一片冰心在玉壺』……」

看過《後宮甄嬛傳》的讀者肯定知道，「太醫」對於後宮的嬪妃們有多麼重要，身邊有個好太醫，可以殺人於無形，身邊沒有信任的太醫，怎麼死的都不知道。溫實初的父親也是位太醫，無奈被捲入了後宮的鬥爭之中，非但無法獨善其身，甚至還反遭誣害，自然只好以「一片冰心在玉壺」來表達自己雖深陷後宮爭鬥、但從未忘懷行醫本為懸壺濟世的初衷了。

無論是在官場或情場，要始終如一毋忘初衷，有多麼不容易呢？溫實初以「一片冰心在玉壺」向甄嬛告白，雖然後來與眉莊產生了感情，但他保護甄嬛的決心，卻是自始至終沒有改變的。

嬛嬛一嫋楚宮腰

一剪梅　　蔡伸

堆枕烏雲墮翠翹[一]。午夢驚回，滿眼春嬌。嬛嬛[二]一嫋[三]楚宮腰[四]，哪更春來，玉減香消。

柳下朱門[五]傍小橋。幾度紅窗，誤認鳴鑣[六]。斷腸風月可憐宵。忍使懨懨[七]，兩處無聊。

【注釋】

一、翠翹：古代婦女的頭飾，因形似翠鳥尾部長毛，故稱翠翹。

二、嬛嬛：柔媚的樣子。

三、嫋：通「裊」，嬌柔美好的樣子，電視劇《後宮甄嬛傳》引用為「裊」。

四、楚宮腰：楚靈王喜歡腰身纖細的女子，宮中女子為求君寵，多餓其身，以求恩寵。後「楚腰」一詞便用以借指女子細腰。

五、朱門：古時王公貴族的大門漆成紅色，以顯尊貴。後借指富貴人家。

六、鑣：馬、坐騎。

七、懨懨：憂愁、憔悴的樣子。

【語譯】

像烏雲一般美麗烏黑的頭髮披散在枕頭上，釵橫鬢散，頭上的金釵歪落。從夢中驚醒，睜開眼望去，只見春日裡嬌媚的風光景色。女子柔媚嬌弱、弱柳扶風，哪裡禁得起春去秋來的歲月折磨，在煎熬中消瘦憔悴呢？

柳樹旁的紅門依傍著小橋，幾次見到窗戶微微透出了紅燭光，都忍不住要以為是他已經騎馬歸來了。良宵寂寞，猶如斷腸，只能忍耐著兩心相隔的淒涼，與形單影隻的無聊。

【從詩詞看甄嬛】

蔡伸，字伸道，宋朝文學家。蔡伸之名，後世少為人知，詞作幾乎無人研究，《宋史》中也沒有他的傳記，但其實他詞作頗豐，《全宋詞》就收錄了他四十多首作品。

《後宮甄嬛傳》的劇名取自女主角甄嬛，而甄嬛在殿選時，曾自述其名取自蔡伸的〈一剪梅〉，為了這個「嬛」字到底該讀作「環」、還是「宣」，影視新聞還鬧騰了好一陣子。

其實，嬛字有三個讀音，分別是「宣」、「瓊」、以及「環」。讀作「宣」時，是形容飄逸靈動的姿態，如司馬相如的〈上林賦〉中「便嬛綽約」一句；讀作「瓊」時，通「煢」、「惸」二字，為孤獨之意；而讀作「環」時，則通常與「嫏」字通用，所謂嫏嬛福地，相傳是天帝藏書之所。

蔡伸詞中「嬛嬛一嫋楚宮腰」既是形容女子腰身纖細、走起路來柔媚生姿之態，故在這首詞裡，「嬛」理當讀作「宣」才是，不過兒女姓名既是父母決定，甄遠道想把女兒喚成「甄（環）」、「甄（宣）」、甚至是「甄（瓊）」都是可以的，更何況《後宮甄嬛傳》畢竟是部小說改編而成的電視劇、而非中華語文教科書，當然要擇一個大眾都比較熟悉的讀音，來為女主角命名。

其實，甄嬛的性格中那一點有違禮教的叛逆，從她在殿選上以蔡伸詞解釋自己閨名一事，便可窺知一二。皇上問起她的名字是哪個「嬛」字，她大可以老老實實回答「女字旁的嬛」就好，為何要脫口吟詩？

她喜歡詩詞，在家時必定時常吟誦抄錄，在殿選時脫口而出，應該只是習慣使然。或許有人會懷疑，既然她不想入宮，那麼在殿選之時，當然是越不引人注目越好，又為何要賣弄文才？其實這問題並不難解釋，一來甄嬛並不知皇上喜歡飽讀詩書的女子，若她真有心想入選，就該像眉莊一樣，強調婦德才是；二來，愛好詩詞對於古代女子，並不算是一種「美德」，宮中那麼多妃嬪，除卻出身不高、或本為奴婢的，飽讀詩書的女子，難道還少了？相信如皇后宜修或眉莊這樣的女子，讀過的詩詞都不見得會比甄嬛少，只不過不像她一樣衷情喜歡，或者心裡喜歡卻不敢說出口罷了。畢竟詩詞中多詠風月，而那些情情愛愛之語，實在不應該從大家閨秀口中說出來，安陵容不過在看戲時脫口說出「兩情相悅」四個字，華妃便恥笑她不知羞恥，唐朝的李冶不過作了首詩描繪待嫁女兒心，她父親便覺得她生性淫蕩，把她送入道觀出家，甄嬛若非有個尊重女兒的好父親，恐怕她這樣「願得一心人」，也該被認為是德行有虧、淫蕩慕色了。

蔡伸這首〈一剪梅〉中描繪的女子出身富貴之家，容色憔悴並非是缺乏物質享受之故，而是為情所苦。皇上對甄嬛說：「紫禁城的風水養人，必不會教妳玉減香消。」其實是在暗示他必定不會讓甄嬛宮中寂寞，也難怪眉莊聽了悄然一笑，甄嬛聽了面色不愉，雖然太監還未宣布甄嬛中選，但這兩個心思靈巧的女子，自然早明白皇上意在言外的暗示了。

皇宮，不過是黃金打造的牢籠

侯門一入深似海

贈去婢　崔郊

公子王孫逐後塵[一]，綠珠[二]垂淚滴羅巾。
侯門一入深如海，從此蕭郎[三]是路人。

【注釋】

一、後塵：行走時身後揚起的土，在詩中用以形容王孫公子爭相追逐美人的盛景。

二、綠珠：人名，據傳綠珠是晉人石崇的愛妾，十分美麗，孫秀求之不得，懷恨在心，陷害石崇入獄，綠珠遂跳樓自盡，以死明志。

三、蕭郎：詩詞中常用來代指女子所喜愛的男子。

【語譯】

權貴人家的王孫公子爭相追逐著美麗的佳人，昔年的綠珠因此淚濕羅巾、心碎斷腸。妳入了顯貴人家那幽深似海的門牆，從此我對妳而言，便只是個過路的陌生人了。

【從詩詞看甄嬛】

崔郊的生卒年，現今都已不可考，《全唐詩》裡只收錄了他一首詩，即是這首流傳千古的〈贈去婢〉。據說，崔郊的姑母家有個十分端麗的婢女，崔郊十分喜歡她，暗中與她相戀，可是這位婢女卻被他的姑姑賣給了有錢人，崔郊雖然苦苦思念著她，卻也沒有辦法。後來有一天，崔郊竟意外與這名女子相遇，兩人別後相逢，只能握著彼此的手，垂淚不止。崔郊回家後，感傷不已，寫下了這首〈贈去婢〉。

這個故事最後結局是好的。據說這位有錢人看了崔郊的詩後，大為感動，把這位婢女送給了崔郊，傳為佳話。不過《後宮甄嬛傳》裡的皇帝，顯然沒有這樣的心胸，不僅氣量狹小，更十分多疑霸道。甄嬛既然入了宮，就是他的「東西」，不管他喜不喜歡、想不想要，都是斷斷不能容許他人分一杯羹的。

甄嬛在入宮之前，拜別父母幼妹，自此一別，下次相見，已不知是什麼時候。宮門遠比侯門還要巍峨森嚴，連路邊偶遇的機會都不會有，甄母有那麼多要叮囑的話、那麼多難以表達的離緒，要對女兒訴說，可眼淚盈於眉睫、離恨哽咽於喉，除了「珍重」和「宮門一入深似海」兩句話，即便內心千頭萬緒，恐怕也說不出其他的話了。

此莞終究非比菀

菀菀黃柳絲

春詞二首之一　常建

菀菀[一]黃柳絲，濛濛雜花垂。
日高紅妝臥，倚對春光遲。
寧知傍淇水，騕褭[二]黃金羈[三]。

【注釋】

一、菀菀：柔順、美好的樣子。
二、騕褭：音同「窈鳥」，古代俊馬的名字。
三、羈：馬絡頭，套住馬嘴的嘴套。

【語譯】

黃柳絲柔順的在春風中飄盪，百花繽紛嬌豔，爭相綻放，太陽已經高掛天空了，美人依舊臥於榻上，淇水畔的春光如此美好，我騎著名貴駿逸的馬匹前來踏春。

【從詩詞看甄嬛】

常建，唐朝詩人，唐玄宗開元十五年進士。

常建的仕途並不算順遂，因為官場失意，只能縱情山水，或許是因為常年往來於名山勝景之間，常建遂起了隱居的念頭。根據《唐才子傳》所言，常建曾經在仙山中遇到一個全身長滿綠毛的女人，自稱是秦朝時的宮女，避亂逃到這座仙山後，採摘松葉為食，居然就不會飢餓寒冷了。她把祕訣傳授給常建，常建照她所言修練之後，竟大有進展。

其實秦朝與唐朝相隔數代，這個自稱秦朝宮女的人全身長滿綠毛，恐怕已經是殭屍了。這一段傳說雖只能姑妄聽之，卻可以證明常建應該頗有隱士空靈於濁世之外的氣韻。他與王昌齡、張僨是好友，據傳三人曾一起隱居山中。

而在《後宮甄嬛傳》中，這首〈春詞〉出於皇后宜修之口。

甄嬛究竟有多像已故的純元皇后？在她真正進宮之前，這恐怕是皇后宜修最大的懸念，畢竟殿選之時，皇后並不在場，只有其他親眼見過純元皇后的人，才能知道甄嬛長得像誰。所以最有可能告訴皇后此事的，恐怕是太后。皇后事先得到了「通知」，知道即將會有這麼一號人物進宮，而且已經在皇帝的心上掀起了波瀾，所以，她便藉著「恭喜皇上又得佳人」的藉口，忙不迭地跑到皇上面前，想確定皇上心中的波瀾究竟是幾級風浪。

皇上口中說得輕巧，一句「眉眼處有幾分相像」，試圖輕輕帶過，可是那喜上眉梢的神色，又怎瞞得過皇后？於是皇后不得不反覆琢磨著甄嬛在皇帝心中的分量，想盡理由打壓甄嬛的位分。而在皇上心裡，江山社稷終究是比女人重要的。所以，甄嬛在不知不覺間，丟掉了貴人的位分，被降為常在，可皇后還來不及高興，皇上卻又丟下了炸彈——他要賜一個封號給甄嬛。

為什麼賜封號是厚賞？古代人在人名的稱謂上是很計較的，比如康熙的兒子們本來都是「胤」字輩，雍正叫做「胤禛」，允禮叫做「胤禮」，直到雍正即位，其他皇子必須避開皇帝名諱，不得與皇上姓名同字，才改為「允」字。古代皇帝要表達對一個人的喜歡或重用時，經常用「賜名」、「賜號」甚至「賜姓」來表示親厚，而皇帝也可以給自己冠上稱號，比如唐玄宗的稱號叫「開元聖文神武皇帝」，有時候皇帝自戀起來，每做一件大事、打一場勝仗，覺得自己實在英明神武、天縱英才，原本的稱號根本不足以表達他的英明，還可以一加再加，最後長達十幾字的都有。凡此種種，皆可表達古人對於「名號」的重視。

所以，甄嬛還未入宮就獲得封號，確實可說是聖恩殊榮。皇上拉過皇后的手，在上頭寫下個「莞」字，皇后又不是不識字，自然知道此「莞」非彼「菀」，又何須多此一問？只因她實在太不放心，對於皇上用純元的小名「莞莞」取諧音作為甄嬛的封號有些忌憚，所以又以「菀菀黃柳絲，濛濛雜花垂」再度試探皇上。

「莞」是一種生長於水邊的植物，經常被用來編織草蓆，而「菀」卻是一種可入藥的花，甄環與純元在皇帝心中的地位差距，就如「莞」和「菀」一樣。

只是皇上不想與宜修討論純元、不想對她說出真心話，以「甄氏莞爾一笑的樣子，甚美」賭了回去，並且用力拍了她的手心，表達了「朕這麼說，就這麼做，何需要再多言」的拍「手」定案，也無怪皇后的笑容幾乎都要僵在臉上了。

碎玉軒的對聯

此情可待成追憶

錦瑟[一]　李商隱

錦瑟無端五十絃，一絃一柱[二]思華年[三]。莊生曉夢迷蝴蝶[四]，望帝[五]春心託杜鵑。
滄海月明珠有淚[六]，藍田[七]日暖玉生煙[八]。此情可待成追憶，只是當時已惘然。

【注釋】

一、錦瑟：瑟，樂器名。錦瑟，意即瑟紋如錦。
二、柱：弦樂器上綰住弦線的小木柱。
三、華年：指年少之時。
四、莊生：即莊子。「莊生曉夢迷蝴蝶」一句系指莊子作夢，夢中化為蝴蝶的故事，典出《莊子・齊物論》。

五、望帝：傳說中望帝死後化為杜鵑鳥，春來悲啼。
六、珠有淚：傳說中南海有鮫人，眼淚能成珍珠。
七、藍田：地名，在今陝西省，產玉。
八、玉生煙：唐司空圖引戴叔倫語，解為「詩家之景，如藍田日暖，良玉生烟，可望而不可置於眉睫之前」。「藍田良玉」是一種詩人愛用的象徵手法，表達可以盼望思念、卻不可置於眉睫之前、親眼得見的事物。

【語譯】

錦瑟毫無緣由的有五十根弦，每一根弦、每一音節，都奏出了對往昔美好時光的思念。就像莊子在夢中化為蝴蝶，醒來竟不知自己是人化蝶、還是蝶化人，也像望帝死後化為杜鵑鳥，在春日裡不停悲傷地鳴叫。

月亮高懸於天，倒映在茫茫的大海上，鮫人的眼淚化成了珍珠，藍田日暖，照得玉氣冉冉升起，像朧罩著一層輕煙。那樣美好的事物、感情，現今回憶起來都如此動人，在發生的當下，更是令人不勝惘然了。

【從詩詞看甄嬛】

李商隱，字義山，是晚唐時期著名的詩人，幾首無題詩描繪著撲朔迷離而又婉轉旖旎的情思，不僅廣傳於後世，更使後人對他的感情生活好奇不已，比如現代學者蘇雪林便著有《李義山戀愛事跡考》，專研李商隱的感情生活。

不過，關於李商隱的戀愛事跡，多半是無法考據的猜測，這位以情詩聞名後世的詩人，其實對政治懷有很深的抱負。唐末政治腐壞，高官爭權，史稱「牛李黨爭」，李商隱早年與令狐楚來往密切，頗受令狐楚提攜，而後卻娶了王茂元的女兒，令狐屬牛黨，王屬李黨，李商隱夾在其中，兩面不討好，仕途深受影響，載浮載沉多年，幾乎沒有入朝為官的機會，只能擔任各地方官員的幕僚。所以有許多學者認為李商隱的無題詩之所以朦朧晦澀，是因為詩人在詩中寄託的是政治失意的感傷，為免得罪當朝權貴，只得模糊其詞了。

因為如此，所以李詩從來都是晦澀難辨，比如這首〈錦瑟〉就是歷來學家爭論不斷的議題。李商隱早年頗受令狐楚照顧，有人說令狐楚家中有一位名叫錦瑟的歌妓，李商隱曾與她有過一段祕戀。這首詩不僅是懷念那位名叫錦瑟的歌妓，更是懷念當年令狐楚的照拂之恩。也有說這首詩是李商隱懷念亡妻所作，還有說是感傷韶光亦逝、懷念青春盛年的自傷之詩……總之眾說紛紜，迄今未有定論。

不過李商隱的詩雖然晦澀，卻十分動人，〈錦瑟〉一詩即便只光就其表面意思，解釋為「懷念昔年美好時光」之意，也就足夠使得讀者喟然長嘆了。在《後宮甄嬛傳》裡，「滄海月明珠有淚，藍田日暖玉生煙」二句，被寫在對聯上，高掛於碎玉軒門口。甄嬛便在碎玉軒裡，度過了她的青春，從莞常在、莞貴人、一直到莞嬪。

在這段「莞莞類卿」的時日裡，她得意過、也失意過，即便皇上使她傷心失望，她還是釋懷了。是的，她的確是「釋懷」了，即使她在失子之時，是那樣不能諒解不肯嚴懲華妃的皇上，可後來她勸皇帝回復華妃的封號時，卻說自己終於明白，即便貴為帝王，也有那麼多的不得已。

「既然我與皇上都有為難，又何必要彼此為難呢？」她這樣對同父異母的妹妹浣碧說，也這樣對自己說，身為妃子，與皇上相伴一生便是她的命運了，若不設法讓自己釋懷，日子又該怎麼過下去呢？

甄嬛深愛皇上，所以她要自己釋懷、要自己體諒，只要皇上也愛著她，這些犧牲就不算辜負。可當她終於明白，自己所得到的一切，全因她生了一張與純元皇后相似的容顏，她終於崩潰了。如果在皇帝心裡，她不過是代替品，那麼這些年的恩愛時光，究竟算什麼呢？

她決裂的離開了皇上，離宮修行，這一段因為太過天真單純而錯付的深情，終於隨風而逝，成為她再也不欲回想的曾經。

然後，沈眉莊搬進了碎玉軒。

眉莊為什麼要搬入碎玉軒？她給太后的理由是「原本住的地方不夠寬敞」，太后將她與甄嬛的友情看在眼裡，理解為「眉莊想替好姊妹守住舊時居所，等待有一天甄嬛能回來」，可真正的原因，其實是眉莊再也不想與皇帝親近了，因為她愛上了溫實初。

自從眉莊被冤枉為假孕爭寵，皇上完全不聽她的解釋，將她降為答應、禁足於宮中後，眉莊就被皇帝的無情傷透了心，即使後來沉冤得雪，她卻不復當年曲意承歡的模樣，對皇帝十分冷淡，使得皇帝大為掃興，從此不再召幸。若要說皇帝於男女感情之事上有什麼優點，就是「從不勉強女人」，可是再怎麼說，眉莊都是皇帝的妾室，若皇帝哪一天又想起她來，她拒絕的了一次、兩次，難道還能拒絕八次、十次？

她知道皇上介意甄嬛之事，不願踏入碎玉軒觸景生情，故此才搬了進去。在這裡，她既不受皇上寵愛，別的妃嬪自也沒興趣為難她，可她與太后親厚，下人也不敢太薄待於她，縱使日子過得冷冷清清、孤單寂寥，可最起碼是平穩安靜的，唯一讓她心湖漣漪不斷的，便只有溫實初這個男人了。

溫實初深愛甄嬛，可甄嬛愛過皇上、愛過果郡王，就是不曾愛過他，而眉莊則深愛溫實初。他倆同樣失意、同樣情深、同病相憐，慢慢成為知音，終於在歡情酒的催化下，成其好事。誰知一夜繾綣，眉莊有孕，難產而死，直到這時，溫實初才終於察覺，自己守護甄嬛、照顧甄嬛只是出自一種習慣，眉莊才是他的知音，可人死不能復生，他到此時才終於察覺心中真正所愛，又有什麼用呢？

甄還回宮後，遷居永壽宮，皇帝將她的封號從「莞」改為「熹」時，曾說「往事如夢不可追」，對甄嬛而言，她與皇上的感情，何嘗不是「往事如夢不可追」？眉莊難產離世，即便溫實初終於明白自己心之所向，將家傳玉壺放入了她的棺木之中，可是眉莊已經離世，再也不可得見。甄嬛與皇上、溫實初與眉莊這兩段感情，竟恰如〈錦瑟〉一詩所言，是「此情可待成追憶，只是當時已惘然」了。

江南可採蓮

江南

江南可採蓮，蓮葉何[一]田田[二]。魚戲蓮葉間，魚戲蓮葉東，魚戲蓮葉西，魚戲蓮葉南，魚戲蓮葉北。

【注釋】

一、何：副詞。多麼之意。

二、田田：形容蓮葉鮮碧的樣子。

【語譯】

江南水鄉，最適合種植、採收蓮花了。蓮葉鮮碧的樣子，多麼美麗啊。小魚在蓮池中嬉戲，忽東忽西、忽南乎北，好不自在。

【從詩詞看甄嬛】

〈江南〉是一首漢代的樂府詩。「樂府」本是掌管音樂的機構名稱，最早設立於西漢，因為宗廟祭祀時需要音樂與舞蹈，所以樂府官員的職責之一，便是採集民間的歌謠，加以增飾。民歌純樸，內容多是歌詠當時當地的風俗民情或神話傳說，不僅可作為文學來欣賞，更是研究古代風俗的重要史料。

而今最多人採用的樂府輯本，是宋朝學者郭茂倩的《樂府詩集》，收錄上至唐虞、下迄唐五代，一共五千多首樂府，為現存的選輯中最完整的一部。另外，南朝徐陵編纂的《玉臺新詠》以選錄艷歌為旨，多收民間情歌、少錄歌功頌德的廟堂詩，許多女作家的作品，則賴此選集才得保存。

其實，漢朝民歌上承於《詩經》，好用賦、比、興的手法，在平鋪直敘之中，善用比喻、聯想的手法，營造詩歌的美學。就如這首〈江南〉，先是直白的書寫了蓮池的風情，而「蓮」與「憐」同音，整首詩所歌頌的，其實是男女在採蓮的時候，相互屬意嬉戲的歡樂景象。

還記得安陵容初入宮中，一邊刺繡、一邊哼著江南曲的景象嗎？夏冬春聽見了，立刻就諷刺她連刺繡都要哼個小曲，真是個「下賤胚子」。

下賤胚子，指的是地位卑賤的人，安陵容的父親安比槐只是個小官，在處處皆是權貴的紫禁城中，確實算不了什麼，更何況安比槐這個松陽縣丞的職位，還是靠「捐官」來的。所謂捐官，是古時朝廷遇見天災、戰爭或其他事情時，為了彌補財政上的困難，允許百姓向國家捐納錢糧以取得官職的作法，又稱捐例。但捐官亦有其限制，不是什麼官職都行，皇帝多半會明文規定什麼官職可捐[1]、什麼官職不行。所以夏冬春聽到安比槐的官職，就能猜測到這個官位是靠捐錢得來，倒也不是不可能的事。

其實，安陵容自有一股小家碧玉的清秀怯弱，比起皇宮裡其他出身名門的大家閨秀，反倒顯得特別。皇帝吃慣了滿漢全席，肯定偶爾覺得膩味，想換點清粥小菜嚐嚐，亦未可知。甄嬛看出了這一點，所以她幫助安陵容獲寵時，並不將她打扮得華貴艷麗，而是強調她的清秀淡雅；皇后也看出了這一點，所以她設計讓安陵容湖中高歌[2]時，讓她自比為採蓮女。人人皆看出她的與眾不同，可偏偏她自卑自憐、自輕自賤，總以為別人覺得她「不配」，越想躋身上流，越顯得自己東施效顰，亦發可笑。

當她吞食苦杏仁而死、背景音樂又響起她所歌的〈江南〉時，再怎麼討厭她的觀眾，恐怕亦要為她掬一把同情之淚。其實，她容色不差，又溫柔體貼、心思細敏，能刺繡、會唱歌，若嫁與一般平民百姓，丈夫對她應該會頗為憐愛吧？她原本就只是在蓮池裡優游的小魚，深宮大海非但沒有帶給她更廣闊的自由，反而使她身陷危機。覺得處處皆敵人的她，變得多疑多刺，再不復昔年清秀可人了。

1. 《清史稿》：「雍正二年，開阿爾台運米事例。五年，直隸水災，議興營田……除道、府、同知不許捐納，其通判、知州、知縣及州同、縣丞等，酌議准捐。」
2. 安陵容於湖中高歌的〈採蓮曲〉，乃後人據樂府〈江南〉改寫之作。

寧可枝頭抱香死

寒菊[一]　鄭思肖

花開不並百花叢，獨立疏籬趣未窮。
寧可枝頭抱香死，何曾吹墜北風中？

【注釋】

一、寒菊：《全宋詩》題作〈題畫菊〉。

【語譯】

菊花不與其他花卉同時開放，獨自綻放的性格真是旨趣深遠。它寧可抱著菊香而死，也不願被北風吹落地上，沾染滿身的污穢。

鄭思肖，字憶翁，是宋末元初的詩人，曾獻策抵抗元人，卻未獲採納。宋亡後，他隱居吳中，改號「所南」，坐臥必朝南面，並將自己的居處命名為「本穴世界」，「本」字中的「十」置於「穴」中，便是「宋」字，以此示其不忘故國的情操。另外，鄭思肖也是著名畫家，尤擅畫蘭，南宋亡後，他所繪蘭花皆無土無根，以此寓不忘亡國之恨。

菊花為花中四君子之一，綻於深秋，不在春季與百花爭艷的習性，被視為是不隨流媚俗、淡薄名利的象徵，而其殘謝時花瓣並不凋落，即便枯萎，依舊挺立，更被視為是寧死不屈的氣節，所以菊花又被稱為「貞花」。自古以來，文人雅士以菊為題、藉詠菊寓託心志的作品不計其數，除鄭思肖的〈寒菊〉外，比他年代稍早的南宋女詞人朱淑真的〈黃花〉中有「寧可抱香枝頭老，不隨黃葉舞秋風」之句，陸遊〈枯菊〉有「空餘殘蕊抱枝乾」一句。唐代司空圖著《二十四詩品》探討詩歌美學，其中也有「落花無言，人澹如菊」一句，可見菊花被用來譬喻看淡世情、清雅恬淡的品性，古來有自。

鄭思肖不忘故國、寧死不屈的堅忍情操，用菊花來依託，恰如其分。那《後宮甄嬛傳》裡的沈眉莊呢？

還記得殿選時，眉莊是怎麼介紹自己的嗎？她說自己讀過《女則》與《女訓》，而當皇上問她是否讀過《四書》時，眉莊恭恭謹謹地答：「臣女未曾讀過。」不過事實上，她是讀過的，只是家裡的長輩交代了，女子無才便是德。一般來說，「女子無才便是德」的「無」字作「沒有」解，意即女子沒有才幹便是德，但也有另一種說法，認為「無」字該解為「不賣弄」，認為飽富才學、卻謙抑而內斂的女子，才能稱之為「德」[1]。

而眉莊無疑是後者。前朝與後宮的瓜葛糾結有如千絲萬縷，哪個妃嬪不背負著母家的榮耀？眉莊很清楚自己進宮的目的，她美貌、端莊、聰明、家世背景又不差，剛入宮的她，算是得寵的，不僅太后喜歡她，皇帝也信任她，授予她學習打理六宮事宜的權力，知道眉莊喜歡菊花，還將花房裡新培育出的稀罕綠菊全賞了她，並把她居住的名稱從常熙堂改為了存菊堂。

只是這樣的恩寵畢竟不是無條件的，正如皇上對她說的話一樣：「菊花有氣節，但朕更喜歡菊花獨立秋風，不與百花爭艷，耐得住寂寞，才能享得住長遠。」眉莊耐得住寂寞，卻奈何不了命運，受人陷害後她看清了皇帝的狠心，再不復昔日恩寵。而後她愛上太醫溫實初，一夜繾綣竟至有孕，卻在即將臨盆之際，因擔心好姊妹甄嬛深陷危機，而導致難產血崩，在二十初頭、還如花似玉的年紀，香消玉殞。

眉莊是個像菊花一樣高潔的女子，在無可選擇的命運中，她仍然堅守了有所為、有所不為的原則。她光明磊落、從不主動害人，和甄嬛之間至死不渝的友情，更讓人感動。只是，正如常熙堂更名為存菊堂一樣，這個人澹如菊、高潔端秀的女子，並沒能留住長遠的光明前途，只有她「寧可枝頭抱香死」的氣節，永遠存留在所有人的心中。

1. 《隋唐演義》：「有才之女，而能不自炫其才，是即德也。」

朔風如解意，容易莫摧殘

梅花　　崔道融

數萼初含雪，孤標[一]畫本難。香中別有韻，清極不知寒。
橫笛和愁聽，斜枝倚病看。朔風[二]如解意，容易[三]莫摧殘。

【注釋】

一、孤標：標，樹梢。孤標，形容梅花清冷孤傲的姿態。
二、朔風：北方吹來的寒風。
三、容易：輕易。

【語譯】

梅花初放，花萼中還含著白雪，這樣孤傲清冷的姿態，很難用畫傳神表達。花香中別有一番韻致，清雅高潔，不畏嚴寒。

抱著病軀，在梅香中聽聞愁笛之聲，不禁惆悵不已，北風若能明白我憐惜梅花的心意，就請別再輕易的摧殘它了。

【從詩詞看甄嬛】

崔道融，自號東甌散人，唐末五代人。新舊唐書中皆無傳，僅知其曾為永嘉縣令，與司空圖為詩友，工於絕句，語意甚妙。

《後宮甄嬛傳》中最為知名的古詩，莫過於崔道融〈梅花〉一詩。其實古詩中詠頌梅花者不少，歷來向推北宋林逋的「疏影橫斜水清淺，暗香浮動月黃昏」[1]二句為其翹楚，崔道融的「香中別有韻，清極不知寒」亦頗得其韻味。不過若結合劇情來看，詩末「朔風如解意，容易莫摧殘」二句，恐怕更值得玩味，畢竟甄嬛一心所求，不過是她那些小小心願能夠得償，可君王無情、後宮多險，在這樣的環境下，自保都不容易，更遑論其他？

甄嬛初入宮時，因在碎玉軒的海棠樹下無意間挖出麝香，得知了前位居住者芳貴人小產的真正原因，深恐自己若是得寵，亦會為人所害，故而裝病避寵。溫實初對甄嬛一往情深，自然竭盡全力幫忙，於是甄嬛稱病了大半年，竟無人發現，唯一一次差點兒露餡，便是在除夕夜的倚梅園中。

在這齣戲裡，皇帝固然多疑狠辣，可若論起他對已故純元皇后的一片深情，仍然使人動容。或許當時他只是王爺，而非帝王，少了那些身居王位的不得已，而更加善良些，亦未可知。純元喜歡梅花，所以在除夕之夜、合宮團員的家宴上，皇上因為見到華妃無意中折來插瓶的梅花，竟觸動情腸，拋下所有親王嬪妃，獨自前往倚梅園。而甄嬛此時，卻帶著她的小像，掛於梅枝上許願，一句「逆風如解意，容易莫摧殘」[2]，引得皇上非得尋著她不可。

甄嬛在雪夜梅香中吟詩許願，何等詩情畫意，自然使人心動，不過諷刺的是，〈梅花〉一詩卻正是純元心頭之好，恐怕皇上在梅香之中，心裡真正期盼的，仍是得遇純元芳魂這樣的念想。不過人死不能復生，而生者中多有肖似於純元者，待到皇上日後在御花園中再遇甄嬛，一步一步發現這個女子不但容貌酷似純元、簫聲亦似純元、更喜歡純元所好之詩句，難怪日後有「莞莞類卿」的感嘆之語了。

甄嬛對皇上有情時，得知自己所得的寵愛不過因為純元之故，自然傷心欲絕；但當甄嬛已對皇上無心，只是藉皇上之權、剷除異己時，她與純元的諸多相似之處，卻成為絕佳的利器。皇后宜修早失寵愛，還能屹立不倒多年，靠的正是與純元的姊妹關係，每當她惹惱了皇上，便把純元的舊物拿出來賞玩叨唸一番，皇上念及純元，愛屋及烏，氣就消了一大半。

可當甄嬛甘於當純元的影子時，純元這把「刀」，可就不是只有皇后能借了。在第六十二集時，皇上吟起「逆風如解意，容易莫摧殘」，提起倚梅園中相遇甄嬛一事，皇后立即提起純元喜歡這首詩，意在打擊甄嬛不過是純元的替身。可甄嬛早已不再在意了，她回以一句「純元皇后也和臣妾一樣，欣賞梅花孤潔之姿」，得來了皇上「純元與妳同是性情純淨之人」的讚賞。而後甄嬛巧施妙招，一步一步加深皇上心中「宜修不如純元」的不滿，終於讓皇帝覺得純元若沒有宜修這個妹妹更好。若說甄嬛是「成也純元，敗也純元」，恐怕皇后更加是如此吧。

1. 見宋朝林逋〈山園小梅〉一詩。
2. 《全唐詩》作「朔風如解意」，至於「逆風如解意」一詞，可能是《後宮甄嬛傳》作者因應劇情，而稍作修改之故。

且插梅花醉洛陽

鷓鴣天　西都[一]作　朱敦儒

我是清都山水郎[二]，天教分付與疏狂。
曾批給雨支風券，累奏留雲借月章。
詩萬首，酒千觴，幾曾著眼看侯王？
玉樓金闕慵[三]歸去，且插梅花醉洛陽。

【注釋】

一、西都：北宋時以汴京為東都，洛陽為西都。

二、清都山水郎：清都是神話傳說中天帝所居之處，山水郎則是管理山水的小官。

三、慵：懶之意。

【語譯】

我是天庭中專管山水的小官，天性懶散疏狂，所管的都是些支使清風雨露的事，多次上奏也只為留住天上的一朵雲、或月亮來相伴。

只要有好詩萬首、醇酒千杯，那些功名爵位，我何曾看在眼裡？就算是雕梁畫棟、金碧輝煌的豪宅我也懶得回去，寧願在頭上插朵梅花，醉倒在洛陽城裡。

【從詩詞看甄嬛】

朱敦儒生於北宋末年，據《宋史》[1]中記載，朱敦儒志性高潔，雖是平民百姓，聲望卻很高。[1]靖康年間，皇帝曾召他入京，許他官職，但他卻說自己「麋鹿之性，自樂閑曠」，謝絕了功名利祿的引誘。此首〈西都作〉，便是他自述閒雲野鶴、不慕功名之作。

朱敦儒可以不想做官，但身為皇帝，是不能說自己不想做皇帝的。《後宮甄嬛傳》裡的雍正皇帝精明、勤政，是一個事事皆以大局為重的人，但也正是因為如此，他雖然貴為皇帝，卻不能隨心所欲。

在朝政上，他為了國家戰事，不得不忍受年羹堯的跋扈無理；在後宮裡，他為了牽制前朝，也並非想跟誰在一起，就跟誰在一起。還記得第四集時華妃曾拿著敬事房的記檔，扳指數算皇上臨幸了誰嗎？

那一個月，皇上總共來了後宮七次，兩次是沈眉莊，兩次是富察貴人，其餘三次戲中雖沒有明說，但憑華妃的貼身宮女頌芝一句「和娘娘相比，不算多」，估計是留宿在了華妃宮裡。

維持華妃的領頭地位，是為了穩定年羹堯的心，眉莊則是皇帝看上的後宮接班管理人，更是太后中意的妃嬪。至於富察貴人？別忘了她是滿軍旗出身，雖說清朝皇帝滿口的滿漢一家，但在血統上仍是不容混淆的。連行房這樣看似旖旎風光的事，都有這樣多的算計，這一個事事以大局為重的皇帝，不僅犧牲後宮中的女人，同時也犧牲了自己的許多渴望。

所以，便難怪他在封了余鶯兒當官女子後，會那樣暢快地吟出「玉樓金闕慵歸去，且插梅花醉洛陽」這兩句詩了。

皇帝看上一個宮女，當然不是不可以的事，雖說可想而知太后對這個出身微賤的宮女肯定不滿意，雖說寵幸這個宮女對國家大局並沒有什麼幫助，但卻是皇帝少有的任性，就讓他插上梅花、沉醉於余鶯兒婉轉的歌聲中，難得縱情一次吧。

不過朱敦儒這個曾經淡泊名利的文豪，後來卻被大奸臣秦檜收買，而一向以大局為重的皇上，不顧群臣反對堅持迎甄嬛回宮，最終也了結在甄嬛的手裡。同樣晚節不保的命運，是巧合，還是天意呢？

---

1. 《宋史，文苑列傳》：「敦儒志性高潔，雖為布衣而有朝野之望。」

往事不可追

杏花疏影裡，吹笛到天明

臨江仙　夜登小閣，憶洛中舊遊　陳與義

憶昔午橋[一]橋上飲，坐中多是豪英。長溝流月[二]去無聲。杏花疏影裡，吹笛到天明。

二十餘年如一夢，此身雖在堪驚。閒登小閣看新晴[三]。古今多少事，漁唱[四]起三更。

【注釋】

一、午橋：即午橋莊。唐朝時裴度曾退居於此，與白居易、劉禹錫等人把酒論文，不問世事。

二、長溝留月：同杜甫〈旅夜書懷〉一詩中「月湧大江流」之意，形容歲月滔滔流轉而興會不歇。

三、新情：初晴之意。

四、漁唱：漁歌之意。

【語譯】

回憶起從前在午橋上宴飲，在座的都是豪傑賢士，月光照映在水裡，隨著流水無聲無息地消逝，在疏淡朦朧的杏花影裡吹著笛子，笛聲悠揚至天明。

這二十多年的顛沛流離，像一場夢一般，在登樓遠眺時，回憶湧上心頭，人雖尚在，但仍如此驚心傷感。古往今來發生多少事，就全交付與三更時響起的漁歌吧。

【從詩詞看甄嬛】

陳與義，字去非，號簡齋，是宋朝時期著名的文人，他醉心於作詩，詞作所傳不多，一般皆認為他的詞風近似於蘇東坡，語意超絕，疏朗明快。

其實，陳蘇兩家可算得上是世交，陳與義的曾祖父陳希亮與蘇軾的父親蘇洵是舊交，蘇軾初入仕途時，陳希亮乃是他的上司，對蘇軾十分嚴厲，讓年少氣盛的蘇軾十分不滿。可是陳希亮執法嚴明，嫉惡如仇，向為平民百姓所愛戴。後來蘇軾十分感佩他的為人，在他過世後，還為其做《陳公弼傳》，以期將他公正嚴明的事蹟流傳後世。至於陳希亮的四子陳慥，更是蘇軾的莫逆之交，常和蘇軾徹夜談佛論道，蘇軾曾寫詩調侃他「忽聞河東獅子吼，拄杖落手心茫然」，這位以懼內而聞名後世的陳慥，便是陳與義的叔祖。至於陳與義自己，又與蘇軾的徒弟黃庭堅、陳師道等人交好，耳濡目染之下，詞風近似蘇軾，倒也就十分合理了。

宋朝重文輕武，積弱不振，許多文人親歷靖康之難，顛沛流離。南渡之後，將國破家亡之悲、世事滄桑變化之感發而為詞，情真意切，成就多少千古名篇，陳與義的〈臨江仙〉便是一例。這一首〈臨江仙〉前半闋懷想當年在洛陽時與其他文人雅士交往的情形，在杏花疏影裡，吹奏笛音至天明，是何等的浪漫閒逸，可自北宋滅亡，倉皇南渡，那些往事彷彿夢一般不真實，昔日的流金歲月對比於今朝的落魄蒼茫，又怎能不驚心惶恐呢？

甄嬛甫入宮時，裝病避寵，即便難免要被勢利眼的宮女太監們譏諷看輕，可外有受寵的眉莊護著她，內有忠心的貼身丫鬟流朱、瑾汐姑姑、以及太監小允子服侍，日子仍勉強算得上是平靜安樂。有天春暖花開，忠心的小允子為她在御花園裡紮好了鞦韆，甄嬛嚮往著「杏花疏影裡，吹笛到天明」的情致，帶著簫前往御花園，誰知卻在那裡遇見了皇上，從此開始了她的後宮鬥爭之路。

甄嬛性喜閒逸安適，可惜這樣的日子終究如同曇花一夢，她很快的捲進了後宮爭鬥中，十多年來數次在受寵與失寵之間苦苦掙扎。最後，她的對手一個一個倒下，可她的至親至交亦一個一個逝去，即便最後當上了太后，可若回想起那一年杏花疏影中的鞦韆與簫聲，恐怕亦是難逃「此身雖在堪驚」的淒涼吧。

滿汀芳草不成歸

杏花天影　丙午之冬，發沔口[一]，丁未正月二日。道金陵。北望淮楚，風日清淑，小舟挂席，容與[二]波上　姜夔

綠絲低拂鴛鴦浦。想桃葉[三]、當時喚渡。又將愁眼與春風，待去，倚蘭橈[四]、更少駐。

金陵路。鶯吟燕舞。算潮水、知人最苦。滿汀[五]芳草不成歸，日暮。更移舟、向甚處。

【注釋】

一、沔口：漢水入江處。

二、容與：悠遊之意。

三、桃葉：晉王獻之愛妾名。王獻之與桃葉曾在渡口分別，王獻之作〈桃葉歌〉贈之，後此渡口便名為桃葉渡。

四、橈：船槳。

五、汀：水中的小沙洲。

【語譯】

綠柳絲低垂，拂過河岸的水面，我想起王獻之的愛妾桃葉曾在這裡喚來小舟，擺渡過河。在春風之中，心緒滿懷，眼中含愁，我正待揚帆上路，倚著船槳，又忍不住稍作停駐。

在往金陵的道路上，處處有黃鶯啼叫、燕子飛舞，潮水應該最明白我心中的悲苦。水中的沙洲之上，芳草萋萋，歸去之途無法成行，時間已近黃昏日暮，重新移舟漂泊，何處才是歸宿？

【從詩詞看甄嬛】

姜夔，字堯章，號白石道人，為南宋著名詞人。

終宋一朝，詞人眾多，姜夔最特殊之處，便是他不僅能作詩詞，亦能譜曲，用現代的話來說，就是他不僅是個作家、還是個音樂家，如〈暗香〉、〈疏影〉、〈杏花天影〉等，都是姜夔自創的曲目，他自編的詞集裡，不僅收錄了詞作、亦收錄了曲譜，成為現代研究宋詞樂譜的重要資料。

姜夔在音樂上的貢獻，並無疑義，不過他的詞作，歷來却有褒有貶，因他喜好用典、又好以前人詩句入詞，使得詞意隱晦難明。尤其姜夔喜好在詞牌之後加上小序，長度每每超越詞作，內容卻與詞中所述並無不同，比如〈杏花天影〉的小序裡說「風日清淑，小舟挂席，容與波上」，而詞作也是寫其乘舟所見，招致後人批評「反覆再觀，如同嚼蠟矣」[1]。

姜夔的詞作多為記遊詠物之作，更多的是對身世飄零的感嘆，以及情場失意的憂傷。姜夔一生窮苦，為了生計，不得不四處漂泊，早年曾於客居合肥時，有過一段深刻的戀情。可是為了生活，不得不離開情人，未能與之廝守終老，而後他一生都在懷念這一段感情，許多詞作都被認為是懷念合肥情人之作。比如這一首〈杏花天影〉作於金陵道中，而合肥在金陵北方，小序中說「北望淮楚」，便是他向北遙望、思念合肥那一段情事所作了。

《後宮甄環傳》中，與杏花相關的詩詞共有二首，其一是陳與義的〈臨江仙〉（詳見【往事不可追】杏花疏影裡，吹笛到天明），其二便是姜夔的〈杏花天影〉，前者懷念舊情，後者遙思舊地。對於南宋文人而言，家國滅亡，自是無限懷想，而對於後宮女子而言，宮門一入深似海，從此再無回頭之路，滿汀芳草不成歸，對於入宮以前的種種，又何嘗不是滿懷愁緒？

甄嬛曾經說過自己不喜歡杏花，只因杏花雖美，結出的果子卻是極苦，若做人做事皆是開頭美好而結局潦倒，又有什麼意思？可造化偏偏如此弄人，甄嬛的命運正如同杏花一般，她與皇上相遇於杏花林，隨即蒙受聖寵，旁人羨其風光無限，但於甄嬛自己，恐怕更因能在深宮之中得到真情，而欣喜不已。可期望越深，失望就越大，後來她一次次失望、終至絕望，未滿三十便要守寡一世，如此淒涼晚景，恐怕更甚「潦倒」二字了。

1. 見周濟云《介存齋論詞雜著》。

情不知所起，一往而深

牡丹亭還魂記題辭[一]　湯顯祖

天下女子有情，寧有如杜麗娘者乎？夢其人即病，病即彌連，至手畫形容[二]，傳於世而後死。死三年矣，復能溟莫[三]中求得其所夢者而生。如麗娘者，乃可謂之有情人耳。情不知所起，一往而深。生者可以死，死可以生。生而不可與死，死而不可復生者，皆非情之至也。夢中之情，何必非真？天下豈少夢中之人耶！必因薦枕[四]而成親，待掛冠[五]而為密者，皆形骸之論[六]也。傳杜太守事者，彷彿晉武都守李仲文[七]、廣州守馮孝將[八]兒女事。予稍為更而演之。至於杜守收拷柳生，亦如漢睢陽王收拷談生[九]也。嗟夫！人世之事，非人世所可盡。自非通人[十]，恒以理相格[十一]耳！第云[十二]理之所必無，安知情之所必有耶！

【注釋】

一、題辭：標明全書要旨，類似於序文的作用。
二、形容：形貌，指畫像。
三、溟莫：指陰曹地府。
四、薦枕：進獻枕席，借指侍寢。
五、掛冠：離任，棄官。
六、形骸之論：猶「皮相之論」。只從表面上看待問題的淺薄論調。
七、晉武都太守李仲文長女卒後葬於城北，繼任郡守之子五、六夜連夢一女，忽然晝見，結為夫妻。
八、廣州太守馮孝將之子夜夢一女，後掘棺出女，結為夫婦。
九、漢時談生無妻，夜半有女子而來，與談生結為夫婦，其女贈以珠袍，後為睢陽王購去，懷疑此衣乃談生掘塚盜墓得來，乃收拷之。
十、通人：學識淵博、通古貫今之人。
十一、恪：限制。
十二、第云：只不過是說。

【語譯】

天下間有情的女子，難道還有比杜麗娘更深情的嗎？夢見情人以後就得了病，一病不起，以至於給自己繪張自畫像後就離世而去了。死去了三年之後，又能在冥冥之中尋求到所夢之人而復生。像麗娘這樣的女子，才可以稱作有情之人啊！情在不知不覺之中被激發而起，越來越深。活著之時可以為情而死，死了之後又可為情復生。至於那些不能為情而死、亦不能為情復生的人，都不算是至情之人了。夢中所產生的感情，為何就不能是真的呢？天下難道還缺少活在夢中的人嗎？一定要等到同床共枕了才算成親，掛冠辭官後才感到安全，都只是從表面來看待問題的淺薄論調啊！

我記述了杜太守之女杜麗娘的故事，是模仿了晉代武都太守李仲文、以及廣州太守馮孝將的兒女的戀愛傳說，稍加改動而寫成了劇本，至於杜太守收押拷打柳夢梅一事，也就如漢代睢陽王拷打談生一般。唉，人世間的事情，並非是身在人世之人，就一定能理解透徹的，自己並非是學問貫通古今的人，所以常常過於用「理」去規範強調事情。某些事情，只是一味強調從理性的角度去看待，絕對不可能發生，但又怎知從情的角度去看待，就沒有存在的可能呢？

【從詩詞看甄嬛】

《牡丹亭》又名《還魂記》，取材於明代話本小說《杜麗娘慕色還魂》，是明朝戲曲大師湯顯祖的代表作。

《牡丹亭》所描述的，是一則浪漫的愛情傳奇。杜麗娘是南宋時期的南安太守杜寶的獨生女，身為大家閨秀，麗娘一直被禮教所縛，連裙子上繡了對成雙的花鳥，母親都要為此大驚小怪，更別提讓她獨自出遊了。可是她對這些封建思想十分不滿，一日終於違背母訓，偷偷溜到了後花園中春遊賞花。而後她伏在花園牡丹亭中的桌上睡著，在夢中邂逅了一位手持折柳的書生，與之相戀。夢醒後，杜麗娘思念成疾，竟至抑鬱而終，臨死前遺命，將屍骨葬於園子裡的梅樹下，自畫像則埋於園中太湖石底。

後杜寶升任安撫使，朝廷命他鎮守淮揚，麗娘埋骨之園，改建為梅花觀。三年之後，嶺南書生柳夢梅赴京趕考，借居梅花觀，意外發現了杜麗娘的自畫像，柳生對之迷戀不已，杜麗娘之魂魄感其所思，夜來相會，兩人私訂終生，杜麗娘告知柳夢梅埋骨之處，要他掘墳開棺，遂得復活。

而後柳夢梅尋到杜寶，可杜寶不信他所言，以為他是盜墓賊，將他仗責下獄。後來，朝廷放榜，柳夢梅高中狀元，杜寶雖放他出獄，仍不信女兒已還陽，更以女兒私訂終生為恥，不肯相認，斥之為女妖作祟。最終鬧上了金鑾殿[1]，經過審問，判定杜麗娘確實是死而復生無疑，杜麗娘與柳夢梅這一對有情人才終能成為眷屬。

今在《牡丹亭》全本中，最常搬演的橋段便是〈驚夢〉一折。杜麗娘的父母封建保守，對於女兒的婚事，所求無非「門當戶對」四字，可杜麗娘一心只想追求自由戀愛的浪漫，在遊園之際眼見園中花紅姹紫，不禁感嘆自己已屆嫁齡，猶如春花綻放，卻不能早得佳配，光陰虛度，因而留下了這一段傳唱千古的唱詞：

原來奼紫嫣紅開遍，似這般都付與斷井頹垣。良辰美景奈何天，賞心樂事誰家院？
朝飛暮卷，雲霞翠軒；雨絲風片，煙波畫船，錦屏人忒看的這韶光賤！

而若說到後宮中的女人，又何嘗不是開遍後宮、使人眼花撩亂的奼紫嫣紅，正如余鶯兒跪在養心殿前，如泣如訴、娓娓吟出的〈驚夢〉唱詞：「夢迴鶯囀，亂煞年光遍」。皇帝只有一人，嬪妃卻為數眾多，失寵之人深宮寂寞自不必說，即便如華妃或甄嬛那樣得寵，一個月也不過得見皇上數次，剩餘的時間，除卻用來祈求君恩久長、更擔心一朝失寵之外，又該如何打發？

湯顯祖在《牡丹亭》的序文中盛讚杜麗娘，認為像她這樣可以為情而死、為情而生的女子，才能夠稱為有情人。其實古往今來能夠為情而死的女子很多，能專情堅持的男子卻少，戲曲向能反映社會現實，《牡丹亭》所反映的，不僅是舊時女子在禮教的束縛之下對愛情的浪漫想像，更是在三妻四妾的封建制度下，對專情男子的戀慕渴求。

而若要論專情，十七王爺果郡王允禮，絕對擔得起這兩個字。允禮究竟是在什麼時候，開始對甄嬛一往情深的呢？是除夕時他意外拾起了甄嬛懸掛於梅梢的小像之時？是他於池邊酒醉、調戲甄嬛之時？抑或是始於七夕夜桐花台談心？或甄嬛私探禁足眉莊，與他同舟泛湖？總之，他們倆是叔嫂，是世間最不應該、也最不可能相戀的關係，一旦事跡敗露，非但會招來殺身之禍，更必定株連族人。即便心中情愫暗藏，也得要苦苦壓抑，待到再也無法欺瞞自己時，早已是一往而深了。

其實，允禮是個十分壓抑的人。他為了保全母親舒太妃、更為了保全自己，在皇上面前，多年來皆是謹言慎行，處處小心。還記得他與皇上在圓明園中射燕，他一箭貫穿二燕四目，立刻引來皇上的忌妒，提起了果郡王騎射之術乃是康熙親傳、可見康熙偏愛允禮一事，果郡王以「天將降大任於斯人也，必先苦其心志」恭維皇上，看似兄弟談心，實則暗潮洶湧，想必多年來允禮長伴君側，都是一次次憑藉著機智卓絕與反應奇快，才免去禍事。

皇上何等精明，若是一味在皇上面前裝笨，被看穿了那可是「欺君之罪」，果郡王只能假裝風流疏狂，無心於大事、醉心於詩書之中。這本是極為安全的一條路線，可不知果郡王是裝久了弄假成真、還是他的本性的確如此，他招蜂引蝶的本事，在全劇裡亦是無人能出其右。

浣碧之所以迷戀於他，始於果郡王誇獎她一身紅配綠的衣裳如紅花配綠葉，十分好看；葉瀾依之所以鍾情於果郡王，固然是因為救命之恩，可他倆於宮中相遇，果郡王何以又要隨口誇讚她穿碧色的衣服好看？若以此類推，孟靜嫻對果郡王癡心一片，又豈知果郡王不曾在偶然之際，對她說過任何誇讚之語？

當然，誇讚一個女人生得好看，並不一定有任何暗示，可那畢竟是男女授受不親的年代，果郡王這樣說話，不免十分惹人側目。自然，這些疏狂的行徑，皆有助於他樹立「風流不羈」、「無心正事」的形象，可在圓明園湖畔，他又是吃了幾斤熊心豹子膽，膽敢調戲皇上的寵妃甄嬛？

那日在湖畔，甄嬛脫了鞋襪，踢水取樂，卻被果郡王給瞧見了，他非但不趕緊避開，反而大搖大擺的迎上前去。他稱甄嬛為皇上的「新寵」，雖然殊無敬意，倒也還不算犯忌，可他接著誇讚嫂子的腳膚色白皙，卻絕絕對對是輕薄調戲之語，若甄嬛回頭便向皇上告狀，果郡王豈非要糟糕？

當然甄嬛不會，皇上初時曾借果郡王之名接近甄嬛，事後便曾懷疑甄嬛暗中對這風流之名冠蓋京城的果郡王有意，甄嬛何等聰慧，自不會搬石頭砸自己的腳。可這些事情，果郡王並不知道，他在皇上面前苦苦壓抑多年，又何以會在這件事情上如此冒險？

究其箇中因由，果郡王已然喝醉，是其一，甄嬛美貌，是其二，但最大的緣由，想來可能是甄嬛隨興之舉，觸動了允禮心中的那一點什麼。向來宮中嬪妃、大家閨秀都是端莊持重的，在光天白日下脫鞋戲水，是何等逾矩之事。甄嬛身處後宮，時刻壓抑自己，卻從未失卻本性，才會有此淘氣之舉，而他這位為求自保、向來苦苦壓抑的王爺，恐怕那深藏於內的叛逆之心，亦像那池被甄嬛攪亂的湖水般，暗自蠢動了吧？

而後多少緣分使然，他與甄嬛巧遇桐花台、相遇湖心中，他一次次發現甄嬛的才氣與善良，而甄嬛一次次受他幫助，將他的仗義、文采與執著看入眼裡，情根暗自深種，終於在離宮之後破土而出，那一段相依相偎的歲月，雖然短暫的幾乎像一場夢一般，可於兩人而言，恐怕都是這輩子最幸福的一段日子。可嘆良辰美景奈何天，他倆在山中仗義相救的男子，竟是準噶爾的王子，而後這位王子摩格繼任可汗入京，終於將兩人這段私密情事揭了開來，皇帝疑心既起，再也容不下果郡王，兩人為了保全對方，爭相就死，最終果郡王飲下了毒酒，嘔血而亡。

《牡丹亭題辭》中說「生而不可與死，死而不可復生者，皆非情之至也」，為情而死，甄嬛與允禮都做得到，但為情復活，卻是小說家言，終究強人所難。《牡丹亭》歌詠的，其實是超越死生的深刻情感，就如同甄嬛與果郡王，即便兩人之情，短暫如夢，卻仍是刻骨銘心、至死不渝吧。

1. 在古代，民間往往認為皇帝詔令天下的大殿就叫作金鑾殿。如宋代沈括《夢溪筆談・故事一》：「唐翰林院在禁中，乃人主燕居之所，玉堂、承明、金鑾殿皆在其間。」

一日不見兮，我心悄悄

山之高三章　張玉孃

山之高，月出小。月之小，何皎皎[一]。我有所思在遠道，一日不見兮我心悄悄[二]。

采[三]苦采苦，于山之南。忡忡憂心，其何以堪。

汝心金石堅，我操冰霜潔。擬結百歲盟，忽成一朝別。朝雲暮雨心去來，千里相思共明月。

【注釋】

一、皎皎：皎潔明亮。

二、悄悄：憂愁的樣子。

三、采：通「採」。

【語譯】

山峰是這樣的高聳巍峨，月亮從山後慢慢的升了起來。初升的月亮，是多麼的皎潔明亮！我思念的人在遠方，一日不見他，我心寂寥。

我在山的南面，采摘苦草，心中的憂愁是這樣的深刻，要怎樣才能忍耐啊？

你的心意就像金石一樣堅定，我對你的情意就像冰霜那樣純粹無瑕，我們已經約定好要結為夫妻、白首偕老，有一天卻忽然要分開。早晨的雲和傍晚的雨，就像我心裡來來回回的思念，這相隔千里的相思，只能託明月寄予你。

【從詩詞看甄嬛】

張玉孃，也有稱作張玉娘，字若瓊，號一貞居士，宋朝女詩人[1]，有《蘭雪集》傳世。

張玉孃是大戶人家的小姐，依據父母之命，與表哥沈佺訂了親。雖然這位未婚夫是父母為她選擇的，可在訂親之後，她與沈佺漸生情愫、彼此有情，倒也算是佳偶天成。可是張玉孃的父親後來毀婚，使得張玉孃與沈佺迫不得已分開，兩人雖彼此掛念，卻礙於父母之命，難成好事。這首〈山之高〉便是張玉孃與沈佺分離之後，思念表哥之作。後來，沈佺病死於客途之中，張玉孃傷心無已，日漸憔悴，竟至香消玉殞，卒時僅二十四歲。

「情」之一字，總叫人生死相許。可是，為情傷懷也分許多種，鍾情戀慕之人對己無意，那是「一廂情願」之苦；曾經雙宿雙飛卻被無情拋棄，是「只見新人笑」之恨；可還有一種悲痛，是分明兩情相悅、卻為命運所阻的深刻無奈。比如張玉孃與沈佺、比如後來的甄嬛與果郡王，以及早期的甄嬛與「假果郡王」。

皇上在御花園巧遇吹簫的甄嬛時，以果郡王自稱，甄嬛並非沒有懷疑，可是，與其說她是相信了皇上那套「人的長相與年紀並不一定相符」的說詞，倒不如說她無法想像天子之尊，居然還有「角色扮演」的癖好。總之，她在宮中遇見了一個男人，文采斐然，能夠與她品簫論詩，她只是不明白，自己身為妃嬪的命運既已無可改變，那麼，上蒼讓她遇見「他」，到底是折磨，還是恩賜？

那日滂沱大雨，與甄嬛相約的「他」，失信沒來，甄嬛回到宮中，百無聊賴的撥弄琴弦，低聲吟著「一日不見兮，我心悄悄」，何其落寞。她已是皇上的嬪妃，不可能另屬他人，這個男子越是風姿出眾，越是提醒她究竟失去了什麼，那麼，還不如不遇見的好，可若是沒有這個人出現，她漫長寂寞的宮廷生活，豈不與一攤死水無異？於禮，她不該見「他」，但於「情」，她想不想見「他」？恐怕甄嬛自己也已惘然了吧。

1. 關於張玉孃的生卒年代，尚有爭議，亦有說其活躍於元代、卒年二十七歲。

獨守空閨的漫漫長夜

望夫君兮不來

湘妃怨三首 之三　曹勛

雨瀟瀟兮洞庭，煙霏霏兮黃陵[一]。望夫君兮不來，波渺渺而難升。

【注釋】

一、黃陵：山名。相傳舜二妃之墓在其上。

【語譯】

洞庭湖上風雨狂驟，黃陵山上煙霧迷濛。苦等盼望夫君不來，只能看著水波遼闊蒼茫，難以如願了。

曹勛，字公顯，號松隱，今有《松隱文集》傳世。

根據《宋史》記載，靖康之難時，宋徽宗成為金人俘虜，曹勛也被金兵一起押解北上，在途中，徽宗撕下衣服，在上面寫道「可便即真，來救父母」八個字，交與曹勛，要他帶給宋高宗趙構。曹勛不負使命，從燕山逃歸，將御衣書帶到了宋高宗面前，並請旨招募勇士，營救宋徽宗，沒想到當權者完全不聽他的建議，反而將他罷黜。直到金朝與南宋議和，曹勛出使金國，才終於說動金國歸還宋徽宗靈柩。通篇記載中全無提及他的才學，可見他的文采在宋代並不出眾。

至於湘妃的典故，是歷代文人最愛用的典故之一。堯有二女嫁與舜之事，《尚書》中就有記載，後來舜亡，二女哭奔，死於湘江之事，更被放入《列女傳》，弘揚女子忠貞之德。其實《列女傳》多採自民間故事，像是一篇一篇動人的短篇小說，讀來並不枯燥乏味，只不過裡頭所隱含的封建思想，實在令人不敢恭維，如果《列女傳》是古代大家閨秀的必讀書目，也就不難想像她們在這樣的潛移默化中，會變成怎麼樣壓抑的女子了。

不過文人愛用「湘妃」典故，卻並非是存心要弘揚女子的忠烈之德，而是藉此描寫有情人分隔兩地的痛苦。比如曹勛的〈湘妃怨〉，便是在描述女子苦等丈夫不來，獨自煙雨寥落的景象。

甄嬛與皇上之間，無疑有一個很美好的開始。甄嬛深深戀慕著皇上，而皇上對她的寵愛也不同於旁人，明明是兩情相悅，可偏偏專情對皇帝而言，非但不是優點、更是一種錯誤。於是甄嬛不禁陷入了無限的矛盾。理智上，她明白「專寵」不管對於自己或於皇上都是危險的、錯誤的，所以希望皇上雨露均分，其他妃嬪也都等待著他的臨幸，可情感上，哪個女子希望心愛的男人與其他女人恩愛繾綣？

作為一個賢德的妃子，甄嬛勸戒皇上不該專寵是勢在必行的事，可是她心裡必定存著不敢深想的恐懼，那就是——若皇上一去就再也不回頭了呢？誰知道皇上躺在其他女人身邊，會不會突然覺得他人更好，從此移心別戀？

那樣多的掙扎、那樣多的矛盾，於那樣年輕單純的甄嬛而言，是多麼沉重的負擔。也難怪她夜半無法入眠，只能淒淒楚楚、獨自彈著一曲〈湘妃怨〉了。

分明曲裡愁雲雨

聽彈湘妃怨　　白居易

玉軫一朱弦瑟瑟徽二，吳娃三徵調四奏湘妃。
分明曲裡愁雲雨，似道蕭蕭郎不歸。

【注釋】

一、軫：樂器上調整弦線的軸。
二、瑟瑟徽：瑟瑟，形容顫抖的樣子。徽，古琴上指示音節的標示。
三、吳娃：吳地的美女。
四、徵調：以徵音為主的曲調。

【語譯】

玉琴上的朱弦微微的抖動著，吳地的美人用徵調彈奏著〈湘妃怨〉這首曲子，琴音裡那憂愁的哀思是那樣地明白，就好像在訴說著情郎離己而去的愁苦悲痛。

【從詩詞看甄嬛】

白居易，字樂天，是唐朝時期的重要詩人。

白居易早年對國家社會充滿抱負，任左拾遺時，他覺得自己受到皇帝賞識，應該克盡言官職責，頻頻上書勸諫時政，雖然皇帝對他的意見大多接納採用，卻對他過於直接的言詞心生不悅。[1]後來，白居易母親亡故，他守喪後重新入朝，擔任在太子宮中講書授讀的官職。不久之後，發生當朝宰相為賊盜所殺一事，白居易上書急請補賊，以雪國恥，被認為是僭越職權，與他素有嫌隙的人趁機毀謗他，說他母親因為看花墜井而死，而他卻作詩歌詠賞花和新井，德行有虧，終於被皇帝貶謫外放。

自此開始，白居易渡過了他一生中最為失意的貶謫時期，從江州、忠州、一直到蘇杭，雖然中間曾經短暫回京，但抱負不得施展，他又自請外放。既然在朝無法施展抱負，白居易便在地方上努力經營，為改善百姓生活而努力，整治水患、修築湖堤，頗為百姓愛戴。晚年他回京任職，擔任的官職多半是為太子講書授讀的文官，終於安然地度過了晚年，得年七十五歲。

而在《後宮甄嬛傳》中，雍正四十五歲時披上龍袍，即位隔年選秀，甄嬛十七歲入宮，兩人之間相差了將近三十歲。別說皇上的年齡足以作她父親，恐怕要作她祖父都勉強當得，甄嬛究竟是為什麼會對這個老男人如此動心？那並非是因為她已經成為妃嬪，無從選擇的緣故，而是皇帝確實有他的優點。最起碼，他文采不差，就算不像果郡王會吹笛作畫，至少還能聽琴賞畫，如果不是有果郡王專美於前，整齣戲裡，皇上可以算是最有才情的男人。

一直以來，甄嬛看重的都是感情。她既不在乎權位，自也不在乎外表，皇上雖然不年輕了，可若甄嬛是個只看表象的膚淺女子，又何以能引得觀眾為之嘆息傷懷？又何以有資格不斷感嘆「以色事他人，色衰則愛弛」？

只不過，十七歲的她終究是個天真少女，雖然她明白最值得珍視的，是「一心」的專情，可是，她還是帶著少女情懷，渴望著與心愛的男人談情說愛、風花雪月，所以像溫實初這樣老老實實的男人，從沒能入了她的眼，因為溫實初可以給她「愛」，卻沒有能力、也沒有文采和她「談」情「說」愛。

在杏花微雨的御花園裡，皇上聽見甄嬛所吹的簫聲，立即能夠和以文辭，回應甄嬛沒有說出口的思家之情，在那個不得不暫時離別、不能陪伴甄嬛的夜裡，皇上經過碎玉軒門口，聽見裡頭傳來的〈湘妃怨〉琴音，隨即能夠以白居易的〈聽彈湘妃怨〉回應，這樣的文采涵養，會讓甄嬛傾心，其實並不奇怪。一個涉世未深、渴望愛情的天真少女，遇上了經驗豐富、老道世故的男人，又怎能不被他的甜言蜜語所迷惑呢？

1. 《舊唐書．列傳》：「唯諫承璀事切，上頗不悅，謂李絳曰：白居易小子，是朕拔擢致名位，而無禮於朕，朕實難奈。」

為伊消得人憔悴

蝶戀花　柳永

竚倚危樓[一]風細細。望極春愁，黯黯生天際。草色煙光殘照[二]裡，無言誰會凭闌意。

擬把疏狂圖一醉。對酒當歌，強樂[三]還無味，衣帶漸寬[四]終不悔，為伊消得人憔悴。

【注釋】

一、危樓：高樓。

二、殘照：夕陽之意。

三、強樂：勉強尋歡作樂。
四、衣帶漸寬：比喻人逐漸消瘦。

【語譯】

我佇立在高樓上，風輕輕地吹來。望也望不盡的春日離愁，黯然的在天際蔓延。碧綠的青草、迷濛的煙光籠罩在夕陽的殘照裡，我默默無言，誰能了解我此刻的心情呢？

我想把這些愁緒都放下，喝著酒，希望能夠一醉。可是勉強自己尋歡作樂，對著美酒縱情高歌，卻一點趣味也沒有。人瘦了，衣帶漸漸寬鬆，可是我並不後悔，因為她值得我為她如此憔悴。

【從詩詞看甄嬛】

柳永原名三變，字景莊，後改名為永，字耆卿，是宋代的知名詞人。因為《宋史》中並沒有他的傳記，所以他的生平只能從其作品、以及與其他文人的交流記錄中推敲考證，至今仍有許多不同說法。可以肯定的是，柳永在少年時期文名就已經不小，可是年年應試、年年落榜，終於躋身進士時，已年近五十。

柳永年少時便喜愛出入歌樓舞榭，他的詞作大多描述情愛別離、或吟詠美人之舞姿容貌，甚受歌妓喜歡，廣為傳唱，後來他仕途失意，更對這些出身微寒、身世飄零的歌女大起「同是天涯淪落人」之感。他的詞在民間的傳唱程度甚廣，「凡有井水飲處，即能歌柳詞」[1]，可也因此受到許多知識分子的抨擊，認為他的作品雅俗交雜[2]，俚俗糜爛、「惡濫可笑者多」[3]之作頗多。柳永文采風流、卻科場失意，未始不是受其所累。

「衣帶漸寬終不悔，為伊消得人憔悴」是古來不斷傳唱的兩句情詩，說出人們對愛情的心甘情願、執迷不悔。使人深深動容的，不僅是人們為了心愛之人受盡折磨的辛苦，更是那種「即使痛苦，我也不後悔」甚至「若是重頭來過，我仍然願意如此」的深情與執著。

這樣的執著，甄嬛有、果郡王有、眉莊有、溫太醫有，甚至連浣碧對果郡王，都是這樣的心思，獨獨沒有的，恐怕就是在劇中說出這話的皇上了。當然，皇上並非是全然沒有感情的，對純元、對甄嬛、甚至對華妃，他心中還是有那麼一絲絲牽掛，可是，就正是因為只有那麼「一點點」，才讓人更加痛苦難堪。畢竟，他若是完全無情，至少還落得乾脆，可是那「一點點」的情意，對比於嬪妃們對他浩瀚若汪洋般的傾慕，卻顯得那樣吝嗇窮酸。那真的是愛嗎？還是只不過是施捨？

在甄嬛初承寵時，皇上的確對她很迷戀。不只是因為她長得像純元、更是因為她對皇上的愛意如此明顯。皇上身為天子，早習慣了眾人天天對他高呼萬歲，最害怕的，就是旁人並非真心拜服，只是戀棧權勢。而當時天真的甄嬛，是真心喜歡著皇上這個「人」、而非皇上這個「身分」，所以皇上在甄嬛這兒，除了得到暖玉溫香的懷抱，更得到了一種得意、一種自信，或者說，一種「被愛」的感覺。

因為接連召幸甄嬛而被太后訓誡，不得不到別的妃嬪宮裡「均分雨露」的皇上，說穿了，也就只是從滿櫃的衣服裡，挑了件少穿的衣服換上罷了。他沒有什麼損失，何必用到「憔悴」這樣的字眼？也許，皇帝就是這樣吝嗇寡情的一個人，他只想被愛、不想愛人，所以這樣一丁點兒的付出，對他來說已是肉痛不已，使他憔悴吧。

1. 見宋葉夢得《避暑錄話》。
2. 夏敬觀《手評樂章集》：「耆卿詞，當分雅、俚二類。」
3. 見清周濟《介存齋論詞雜著》。

甄嬛的裸足

縹色玉柔擎

子夜歌　李煜

尋春須是先春早，看花莫待花枝老。縹色[一]玉柔[二]擎[三]，醅[四]浮盞面清。
何妨頻笑粲，禁苑[五]春歸晚。同醉與閑平，詩隨羯鼓[六]成。

【注釋】

一、縹色：青白色，也就是後人所說的月白色、魚白色。
二、玉柔：形容女子的雙手白皙細嫩。
三、擎：舉起。
四、醅：音同「坯」，原指沒有濾過的酒，後泛指酒。

五、禁苑：帝王的林園。

六、羯鼓：源自西域的一種鼓。

【語譯】

想要尋訪春天，須得趕在春天來臨之前，想要賞花就得及時，別等到花兒謝了。佳人白皙的纖纖玉手捧起了一杯酒，杯面上浮動著春天的光彩。

人生在世，何妨頻頻的展顏而笑呢，我在御花園裡踏青賞春，歸來時天色已晚。在醉意之下，這首詩就隨著鼓聲一起寫成了。

【從詩詞看甄嬛】

李煜即是後人慣稱的李後主，若說起他的詞，後人朗朗上口的名句很多，比如〈虞美人〉中的「春花秋月何時了，往事知多少」、〈相見歡〉中的「剪不斷、理還亂，是離愁，別是一般滋味在心頭」，恐怕有不少人都能毫不費力的背誦出來。可其實這些都是他亡國之後所做的詞，至於亡國前的詞作，卻較鮮為人知。

李煜身為南唐國主，卻沒有當君王的雄才大略，面對軍強馬勝的趙匡胤，基本上他是完全不思抵抗的。根據《南唐書》記載，曾有大臣自請出兵，還對李煜承諾，若是成功，榮耀歸於國家，若是兵敗，可殺他全家，但李煜膽怯，依舊沒有同意。對於日漸強大的宋朝，李煜採取的態度便是俯首稱臣、曲己求全，他自去國號，改稱自己為「江南國主」，凡與北宋同名的中央機構，也都改名，以示尊敬，除此之外，他更寄情於佛法，荒怠朝政。中國人評論詩詞，向來注重「氣節」，李煜在身為人君之時，詞作多半是在描寫宴會酒席的歡樂，得到的評價，自然就不如他在亡國後充滿沉憤悲痛的詞作了。

至於這首〈子夜歌〉，就是南唐尚未亡國前的作品，全詩描寫賞春踏青、喝酒作詩的歡樂。

在《後宮甄嬛傳》裡，溫宜公主週歲家宴之時，因為感傷生母舒太妃出居道家的淒涼、喝得醉醺醺的果郡王，巧遇從宴席中偷溜出來，脫去鞋襪、踢水取樂的甄嬛。忍不住以李後主的詞調戲了甄嬛一下。其實，李後主的「縹色玉柔擎」形容的不過是女人的手，可果郡王卻想將之改為「縹色玉纖纖」讚嘆女人的腳，若論文采，李後主當然在果郡王之上，可若論風流，果郡王恐怕更勝李後主一籌了。

繞樹三匝，何枝可依

短歌行　曹操

對酒當歌，人生幾何？譬如朝露，去日苦多。
慨當以慷[一]，憂思難忘，何以解愁？唯有杜康[二]。
青青子衿，悠悠我心，但為君故，沉吟至今[三]。
呦呦[四]鹿鳴，食野之苹[五]。我有嘉賓，鼓瑟吹笙。
明明如月，何時可掇[六]。憂從中來，不可斷絕。
越陌度阡，枉用相存[七]。契闊談讌[八]，心念舊恩。
月明星稀，烏鵲南飛。繞樹三匝[九]，何枝可依。
山不厭[十]高，海不厭深，周公吐哺[十一]，天下歸心。

【注釋】

一、慨當以慷：志氣昂揚之意。

二、杜康：因周代杜康善於釀酒，故作為酒的代稱。

三、「青青子衿，悠悠我心，但為君故，沉吟至今」四句出自《詩經．國風．鄭風》的〈子衿〉一詩。一說青衣為當時學子制服，〈子衿〉當是「刺學校廢也」，另一說則認為父母俱在者著青衣，〈子衿〉當為淫奔之詩。古時婚姻當經由父母之命而定，若否，則稱「淫奔」。

四、呦呦：眾口嘈雜聲。

五、苹：植物名，一種蕨類的隱花植物，或作「白蘋」。

六、掇：拾取。

七、枉用相存：枉，遷就。存，省視、問候。此句是形容客人屈尊前來、大駕光臨之意。

八、讌：宴飲，同「醼」。

九、匝：量詞，計算環繞圈數的單位。

十、厭：嫌棄。

十一、周公吐哺：相傳周公「一沐三握髮，一飯三吐哺」，沐浴時多次停下來，握著濕髮出來接待賓客，吃飯時也是如此，後用以比於求才若渴的急切之情。

【語譯】

一邊喝酒、一邊高聲唱歌，人生中能有多少這樣的時光？就好像早晨的露水，流逝的時光實在太多了。席上的歌聲慷慨激昂，心中的憂思卻難以忘懷，什麼才能為我排憂解愁呢？自然也只有酒了。青色的是你的衣領，悠悠的是我的心思，因為你的緣故，我才深思等待至今。鹿群們不停的鳴叫著，啃食著野地的白蘋草，一旦有賢才到來我這裡，我將奏瑟吹笙宴請嘉賓。天上的皓月如此明亮，什麼時候才可以得到呢？我久埋心中的憂思，無法斷絕。客人越過了田邊的阡陌小路，遠道而來探訪我，我們在宴會上高談闊論，傾訴起往昔的情誼。月光明亮、星光稀微，一群烏鵲振翅南飛，繞著樹飛了三圈，哪裡才是可以依傍的棲身枝頭？高山不嫌棄土石才能巍峨聳立，大海不嫌棄細流才能水深遼闊，我願如周公一般求賢若渴、禮賢下士，希望天下有才之士，都能來歸順我。

【從詩詞看甄嬛】

曹操，字孟德，小字阿瞞，東漢人，後為魏王。

三國故事無論是在小說或影視戲劇中，皆不斷為後人搬演，曹操大名，可說是無人不曉，可他究竟是雄才大略的英雄、還是謀逆篡位的奸臣，卻從來未有定論。若依據正史記載，曹操的「魏公」身分，是漢獻帝封的，雖然他後來自己晉級為「魏王」，總好過劉備自封為「漢中王」，終曹操一世，他都是漢獻帝的臣子，從未稱帝。可是明朝羅貫中據三國歷史寫就小說《三國演義》，尊劉備而貶曹操，經過後人不斷搬演，深植人心，慢慢的，大家就都認為劉備是忠義之士、而曹操是亂臣賊子了。

政治上誰是誰非，從來都是各說各話，不過若是論及文采，劉備就比曹操差得遠了。曹操的詩風渾健雄鬱、氣魄宏偉，在這首〈短歌行〉中，表現得淋漓盡致。

前朝政治講究合縱連橫，後宮爭鬥更是如此。皇后宜修與華妃在選秀之前早已是水火不容，可皇后的心思終究要比華妃深沉得多，她深知皇上倚重年羹堯，華妃的地位實難撼動，唯一能打擊華妃的，就是皇帝另寵她人。甄嬛與純元面目相似，皇上、太后、甚至端妃都看得明白，皇后身為純元的親妹妹，又豈會不知？所以，表面上皇后對甄嬛是十分友好的，甄嬛侍寢後第一次去向皇后請安時，皇后笑容滿面，表現得多麼體貼友善，直說自己一見甄嬛就喜歡，對比於華妃的張牙舞爪，也難怪甄嬛看不出皇后笑裡藏刀，直以為皇后「和藹」了。

其時華妃因余氏下毒、麗嬪發瘋一事，稍減了往昔風光，可是她在溫宜公主生辰時吟詠〈樓東賦〉，星眸含淚、柳眉微蹙的模樣，何其可憐？不管皇上究竟有沒有被感動，為了安撫年羹堯，和華妃重歸於好是勢在必行，皇后這麼精明，難道不知道只要有年羹堯一日，就有華妃一日，就算甄嬛再得寵，也改變不了這個事實？只是鷸蚌相爭，漁翁得利，無論是甄嬛鬥垮了華妃、還是華妃鬥垮了甄嬛，對皇后而言都是好事，若她們倆鬥得兩敗俱傷，豈不更加如意？

華妃重得皇上憐愛，皇后指著香爐，意有所指的問甄嬛死灰復燃，該怎麼辦？甄嬛何等聰慧，立刻拿起茶水，澆熄了香爐。後宮與前朝一樣，都有黨爭派系，甄嬛初入宮時總以為自己無黨無派，不過是誰對她好、她就對誰好而已，直到她與華妃的鬥爭塵囂日上，她才明白獨善其身終究是困難的。在澆熄香爐時，甄嬛屈膝對皇后說「繞樹三匝，終於有枝可依」，其實是藉由這首詩，表達自己對皇后的忠誠以及依附。

入宮以來，甄嬛對皇后一直十分尊敬，那並非是因為皇后執掌鳳印，身分貴重，而是甄嬛總是以誠待人，以至於她竟沒發覺皇后口蜜腹劍，終於被皇后用一件純元舊衣給狠狠絆倒了。

花無百日紅

亂花漸欲迷人眼

錢唐湖春行　　白居易

孤山[一]寺北賈亭[二]西，水面初[三]平雲腳低。幾處早鶯爭暖樹[四]，誰家新燕啄春泥。
亂花漸欲迷人眼，淺草纔能沒馬蹄。最愛湖東行不足[五]，綠楊陰裏白沙堤[六]。

【注釋】

一、孤山：山名，位在西湖裡、外湖之間。

二、賈亭：又叫賈公亭，西湖名勝之一。唐朝賈全所築，故稱賈亭。

三、初：剛剛、剛才之意。

四、暖樹：指向陽的枝頭。

五、行不足：詩人形容西湖美景、百遊不厭之意。

六、白沙堤：即白堤，在西湖東畔。

【語譯】

我從孤山上的寺廟北邊，一路遊至賈亭的西邊，湖水剛剛漲潮，湖水與湖岸齊平，白雲堆積，與湖面連成一片。早春的黃鶯鳥爭著飛上向陽的枝頭，不知從誰家飛來的燕子，正銜泥築巢。多彩繽紛的春花令人眼花撩亂，慢慢地迷惑了行人的眼睛，春草淺淺，高度恰好遮住了馬蹄。我最愛在錢塘湖東漫步遊賞，若還覺得欣賞得不夠、意猶未盡，就再欣賞那綠色楊柳下的白沙隄。

【從詩詞看甄嬛】

有關白居易生平，請見【甄嬛為何會愛上皇上？】分明曲裡愁雲雨。

〈錢唐湖春行〉一詩，寫於白居易在杭州任職之時。他雖失聖心，貶謫於外，卻克盡地方官職責，頗得百姓愛戴，若論其心境，倒與《後宮甄嬛傳》裡的皇后宜修相映成趣。

當然，妃嬪對皇后的「愛戴」，多半並非出自真心、而是別有目的。後宮妃嬪自成派系，齊妃算是「皇后黨」的元老級黨員，華妃跋扈，言語刁鑽毫不相讓，齊妃也是她嘲諷的對象之一。可其實齊妃既不得皇上寵愛、又年老色衰、毫無威脅性可言，華妃哪裡會將她瞧在眼裡？老是針對她連削帶損的諷刺，不過是因為齊妃是皇后的人馬而已。齊妃蠢笨，絲毫想不清其中關蹺，只以為皇后可以為自己伸張正義，可若她不投靠皇后，華妃又哪裡會給她這麼多氣受呢？

皇后與齊妃親善，不過是為了三阿哥而已，宜修何等精明，自然知道這個既無相貌、又無才智的齊妃不堪大用，於是在殿選之後，就開始暗中培養人馬。若說甄嬛是皇后扳倒華妃的明棋，那麼安陵容就是皇后扳倒甄嬛的暗棋，所謂「制衡之術」，皇后操弄起來，並不比皇帝遜色多少。

甄嬛在失子之後對華妃恨之入骨，心中一旦有「恨」，就再不復以往單純，她對皇后表明忠誠，不過是想多一個人幫手，好速速扳倒華妃而已。只是甄嬛終究年輕，將旁人想得太美好，竟沒聽出皇后在「亂花漸欲迷人眼」一語中埋藏的驕傲，在皇后眼裡，無論是華妃還是甄嬛，都只不過是「雜花」、「亂花」，任憑春風桃李、秋日黃菊，都終有凋謝之日，唯一有資格屹立不倒的，只有她這顆長青大樹罷了。

桃之夭夭，灼灼其華

桃夭

桃之夭夭[一]，灼灼[二]其華[三]。之子于歸[四]，宜其室家。
桃之夭夭，有蕡其實[五]。之子于歸，宜其家室。
桃之夭夭，其葉蓁蓁[六]。之子于歸，宜其家人。

【注釋】

一、夭夭：茂盛的樣子。
二、灼灼：形容花鮮明艷麗的樣子。
三、華：花的古字。

四、于歸：歸，歸宿。女子嫁人曰歸。

五、有蕡其實：蕡，大也。有蕡其實，形容結實累累、果實碩大。

六、蓁蓁：茂密的樣子。

【語譯】

桃樹的枝葉如此繁茂，桃花開得鮮艷美麗，這個女孩子嫁為人婦，定能使得夫婦感情和順恩愛。

桃樹的枝葉如此繁茂，果實累累滿掛枝頭，這個女孩子嫁為人婦，定能使得家庭和樂美滿。

桃樹的枝葉如此繁茂，桃葉青脆茂盛，這個女孩子嫁為人婦，定能使得家人融洽又歡喜。

【從詩詞看甄嬛】

《詩經》是中國最早的詩歌總集，由於年代久遠，作者及其他資料幾乎都已無從考證，只能大概知道其中所收錄的詩詞，大約是成詩於西周至春秋中期這六百多年之間，數量大約是三百篇左右，所以《詩經》又被稱為《詩三百》。

六百多年的韶光，怎麼可能只有三百首詩呢？傳說中《詩經》原本有三千多首，直到孔子「去其重，取可施於禮儀」[1]，十去其九，只餘下三百多首。而後秦朝焚書坑儒，古籍多被損毀，直到西漢初年，才有些遺儒憑藉記憶，口授五經。口授《詩經》的，有魯人申培公、齊人轅固生、燕人韓嬰等，合稱「三家詩」，後三家詩先後亡佚，只餘毛亨及其姪兒毛萇的版本傳世，所以《詩經》又被稱為《毛詩》。

〈桃夭〉屬於《詩經．國風．周南》，是一首祝賀女子新婚的詩歌，從這首詩中，可以看出古時女子對於婚姻的期望與責任，首先是希望夫妻感情和順、再來是祈求多子多孫，家族枝繁葉茂。在《後宮甄嬛傳》裡，當甄嬛幫助安陵容贏得皇上寵幸之前，吟出了這首詩，便是表達對陵容的祝福之意。

甄嬛對於陵容受寵這件事，到底作何感想呢？固然她臉上的落寞與幽怨，是藏也藏不住的，可是，她怨的從來都不是陵容，而是命運。持平的說，雍正在歷代皇帝裡並不算好色，就算是在這部電視劇裡，雍正也被演繹成勤於政事、少近後宮的皇帝。可即便再怎麼高呼「萬歲萬萬歲」，皇帝也沒法長生不老，為使政權千秋萬代、不致落入外姓之手，皇儲非但是家事、更是國事。自然了，想要多子多孫，勢必得多妻多妾，甄嬛再怎麼「願得一心人」，心裡卻比誰都明白，皇帝是無法一心、也不該一心的。眉莊面對甄嬛受寵時曾說：「與其是別人，我寧願是妳。」而這又何嘗不是甄嬛想對陵容說的話呢？

只有成天到晚嫉妒別人的人，才會希望別人嫉妒自己，並因此而感到快意。安陵容便是這樣的一個人，所以她無法了解甄嬛的無奈，更無法領受甄嬛真心誠意的祝福。甄嬛錯付的，何止是對皇上的愛意，恐怕還有對安陵容的友誼吧。

---

1. 見《史記．孔子世家》。

有花堪折直須折

金縷衣[一]　杜秋娘

勸君莫惜金縷衣，勸君須惜少年時。
有花堪折直須折，莫待無花空折枝。

【注釋】

一、金縷衣：金線織成的衣服，意指物質財富的享受。另有一說是金縷衣為古代曲調名。

【語譯】

我勸你不要珍惜那華貴的金縷衣，而要把握青春年少的時光，就像鮮花盛開時就要及時摘取一樣，不要等到枝上無花時，就來不及了。

〈金縷衣〉是一首家喻戶曉的作品，但作者何人，卻未有定論。《全唐詩》將此詩題為〈雜詩〉，作者佚名。現今流傳最廣的《唐詩三百首》將此詩歸為杜秋娘所作，而說到杜秋娘，就不得不提到晚唐詩人杜牧所寫的〈杜秋娘詩〉。

杜秋娘出身微寒，但姿色動人，尤善歌舞，十五歲時便成了節度使李錡的寵妾，〈杜秋娘詩〉中便有「秋持玉斝醉，與唱金縷衣」兩句，描繪杜秋娘吟唱〈金縷衣〉時的風姿，而《唐詩三百首》也應是據此才將〈金縷衣〉一詩視為杜秋娘所作。不過後來李錡獲罪被殺，杜秋娘被送至宮中，能歌善舞的她，再度受到當時的皇帝唐憲宗寵愛，成為了後宮中的女人。唐憲宗駕崩後，繼位的皇帝唐穆宗指派杜秋娘去照顧皇子漳王，而後漳王因參與政變而被削爵，杜秋娘才被「賜歸」回鄉，離開了皇宮，而杜牧便是在此時見到了年華老去、無依無靠的杜秋娘，「感其窮且老」，才為她寫下了〈杜秋娘詩〉。

雖然既窮且老，杜秋娘畢竟活著離開了皇宮這個金絲籠，做回了自己的主人，可安陵容，便沒有這般的幸運了。

安陵容的父親安比槐是松陽縣丞，這是個地方上的小官，既無權勢，更無見識，安陵容在殿選那天特意換上了新做的衣裳，卻被另一個秀女夏冬春取笑，說她這身新衣用的是兩年前在京中就已經褪了流行的料子。而這或許便是安陵容這一生最大的困境——她不是不在乎，恰恰相反的，就是因為她太在乎、卻得不到，才會在被人奚落時，受到雙倍的打擊。

有背景的女人，皇上即使不中意，也得要敷衍一二，比如滿軍旗的富察貴人。沒背景的女人，只要皇上中意了，也可飛上枝頭當鳳凰，比如余鶯兒、或者後來的馴馬女葉瀾依。安陵容出身卑微，唯一一次機會，便是入宮後的第一次侍寢，如果皇上喜歡，從此她便可平步青雲，即便皇上不喜歡，也還能賭賭運氣，若是一夜恩寵便能懷有身孕，身分自然也從此大不相同。這些利害關係，安陵容都是知道的，但或許正是因為她太在乎，所以，在這至關重要的一夜，她竟緊張害怕到在床上撲簌簌地發抖，而皇上不知是君子風度、還是早已吃膩了撐著，見著她那畏畏縮縮，不像是要上床、反倒像是要上斷頭台的樣子，竟丟下一句「朕不喜歡勉強」，便將已經脫了衣服的安陵容，原封不動的送了出去。

女人都已經脫光了衣服，還被男人拒絕，這是多大的羞辱？

電視劇裡，安陵容是九月進的宮，可要直到隔年，皇上率眾嬪妃到圓明園避暑時，她才因為甄嬛安排她在皇上必經之路上唱歌，終於得到了皇上的注意。當她在湖邊輕輕唱著「有花堪折直須折」時，貴人多忘事的皇上，終於記起後宮中還有她這一個女人。可這首詩的前兩句，卻是勸人別將時間花費在追求財富上，安陵容讀書不多，也或許她從來就不明白這首詩真正的意義，才會在追求權位的同時，迷失了自己吧。

崑山玉碎鳳凰叫

李憑[一]箜篌[二]引　李賀

吳絲蜀桐[三]張高秋[四]，空山凝雲頹不流。江娥啼竹[五]素女[六]愁，李憑中國[七]彈箜篌。崑山[八]玉碎鳳皇叫，芙蓉泣露香蘭笑。十二門[九]前融冷光[十]，二十三絲動紫皇[十一]。女媧鍊石補天處，石破天驚逗秋雨。夢入神山教神嫗[十二]，老魚跳波瘦蛟舞。吳質[十三]不眠倚桂樹，露腳斜飛溼寒兔。

【注釋】

一、李憑：唐時的梨園藝人，因善彈箜篌，名噪一時。

二、箜篌：樂器名。古代的一種弦樂器，弦數不一，少至五根，多至二十五根，用木撥彈奏。

三、吳絲蜀桐：吳地之絲，蜀地之桐，此指製作箜篌的材料。
四、高秋：秋高氣爽之意。
五、江娥啼竹：相傳堯有二女，名曰娥皇、女英，同嫁於舜，舜死後，二人因思念而傷痛落淚，沾濕了湘江畔的竹子，使竹盡成斑。
六、素女：相傳為上古時代的女神，善於音律。
七、中國：指國之中央，亦即京城也。
八、崑山：崑山盛產玉石。
九、十二門：長安城東南西北各有三道門，共十二門。
十、融冷光：融化了冷氣與寒光。
十一、紫皇：雙關語，兼指皇帝與天帝。
十二、神嫗：嫗，婦女的通稱。傳說中神嫗善彈箜篌。
十三、吳質：即吳剛。

【語譯】

精美的箜篌由吳地之絲、蜀地之桐製成，美妙的樂音飄盪在晴朗的深秋之中，天上的浮雲為了傾聽而凝滯，不再漂流。江娥被樂音感動得淚濕斑竹，素女亦被樂音牽動情腸，滿腔憂愁，這樣美妙動人的樂音，來自京城中的李憑所彈奏的箜篌。他所彈奏的箜篌樂聲，像崑山的美玉撞擊般清脆、像鳳凰鳴叫般清亮，像芙蓉飲泣般低迴、像蘭花迎風的笑語般輕柔，美妙的樂音融化了長安城入秋後的寒冷，皇上與天帝都為此動容。樂聲高昂直上雲霄，震破了女媧所補的天幕，使得秋雨傾盆而下。樂聲使得人們沉入美夢，夢見李憑將彈奏箜篌的技巧傳授給仙山上的神女，使得水中的老魚跳躍奔騰，瘦弱的蛟龍亦為之起舞。月宮中的吳剛被樂聲吸引，徹夜不眠倚著桂樹傾聽，玉兔亦凝神細聽，全然不顧深夜灑落的露水，弄濕了皮毛。

【從詩詞看甄嬛】

李賀，字長吉，唐朝詩人。李賀是宗室鄭王之後，因他的父親名為「晉肅」，與進士同音，為避其諱，不能參加進士考試。韓愈曾為此而寫〈諱辯〉[1]一文，但李賀仍至死皆未參加科舉。

李賀長於樂府詩的創作，意境詭譎華麗，後世稱為「詩鬼」，與李白的「詩仙」名號，相映成趣。《舊唐書》讚他「其文思體勢，如崇巖峭壁，萬仞崛起，當時文士從而效之，無能髣髴者」，《新唐書》亦稱其「辭尚奇詭，所得皆驚邁，絕去翰墨畦逕，當時無能效者」，可見李賀雖然仕途不順，但文名鼎盛，尤其詩風詭譎，當代無人可及。

至於梨園，是唐朝皇帝訓練培養樂工的地方，〈李憑箜篌引〉約成詩於元和六年至八年間，當時李賀身在長安，李憑是梨園弟子，以善彈箜篌而名噪一時，「天子一日一回見，王侯將相立馬迎」[2]，可見其受歡迎的程度。清人方扶南將李賀的〈李憑箜篌引〉與白居易的〈琵琶行〉、韓愈的〈聽穎師彈琴〉相提並論，推許為「摹寫聲音至文」[3]。

在《後宮甄嬛傳》裡，安陵容有兩項最突出的才藝，一是繡工，二是歌喉。甄嬛為了幫安陵容引得皇上注意，安排她在皇上下朝時必經之路上唱歌，誰知率先被引來的，卻是華妃。華妃早與甄嬛水火不容，隨便找個理由，便要處置甄嬛與安陵容，幸好皇帝與皇后後腳趕到，解了二人之危。

華妃不喜歡後宮中任何一個能與她爭寵的女人，斥責安陵容的歌聲乃是靡靡之音，靡靡意即淫蕩頹廢，在華妃眼中，膽敢與她爭寵的女人，自是淫蕩狐媚。皇上看重年羹堯，不欲因甄嬛而使華妃下不了台，故而轉頭詢問皇后的意見，皇后何等精明，自然知道該如何回答，一句「如同天籟」，既討了皇上的巧、折了華妃的銳氣、更贏得安陵容的感激，一舉數得，何其划算。

安陵容的人品並不如何，但歌聲臻妙，確是一絕。其實，宮中自有專業的樂師歌妓，安陵容歌聲再好，也不見得稀罕，她之所以能以歌藝得寵於皇帝，從來不是因為歌聲美妙，而是她的歌聲肖似純元皇后。皇上雖讚她的歌聲是「崑山玉碎鳳凰叫」，可是安陵容終究只是黃鸝，恐怕在皇帝心裡，真正擔得上「鳳凰」二字的，仍只有早逝的純元吧。

1. 韓愈〈諱辯〉：「父名晉肅，子不得舉進士，若父名仁，子不得為人乎？」
2. 見唐朝詩人顧況〈李供奉彈箜篌歌〉一詩。
3. 見方扶南《李長吉詩集批注》。

金風玉露一相逢，便勝却人間無數

鵲橋仙　秦觀

纖雲[一]弄巧，飛星[二]傳恨，銀漢[三]迢迢暗度。
金風玉露一相逢[四]，便勝却、人間無數。
柔情似水，佳期如夢，忍顧[五]鵲橋歸路。
兩情若是久長時，又豈在、朝朝暮暮？

【注釋】

一、纖雲：纖細輕柔的雲彩。傳說中織女善於紡織，能在天上織出一片片雲錦。

二、飛星：流星。一說指織女、牽牛二星。

三、銀漢：銀河。
四、金風玉露一相逢：指牛郎、之女二人在七夕相會逢聚。金風，秋風之意，秋天在五行中屬金。
五、忍顧：不忍回顧。

【語譯】

纖細輕柔的雲彩，翻弄出細巧優美的形狀，流星傳遞著牛郎與織女分隔兩地的相思愁恨，隔著路遠迢迢的銀河，牛郎和織女在秋日七夕的暗夜一相逢，便勝過了人間無數日夜相守、卻貌合神離的男女。這纏綿的柔情似終年流淌的河水般連綿不絕，相會的美好時光如夢似幻，怎麼忍心回過頭去看從鵲橋返歸的路？只要彼此的感情能夠堅定長久、至死不渝，又何須在乎是否能日日相聚呢？

【從詩詞看甄嬛】

秦觀字少游，一字太虛，北宋中後期著名詞人，與黃庭堅、晁補之、張耒合稱「蘇門四學士」。秦少游能作詩、詞、賦、策論，頗得其他文人賞識，蘇軾讚他「有屈、宋之才」，王安石亦認為他有鮑、謝清新之致。惜後捲入新舊黨爭，數度被貶，後在放還回京途中客死藤州，年五十三。後人評論多認為秦觀詞婉約清麗，情致動人。

古來描寫牛郎織女的詩詞，或嘆其悲，或憐其苦，獨秦觀匠心獨具，以「兩情若是久長時，又豈在朝朝暮暮」反寫聚少離多之恨，歌頌永恆堅貞之情，被譽為「化腐朽為神奇」的佳句，《後宮甄嬛傳》自然也不會漏了這首千古傳唱的情詩。當時年羹堯平定亂事有功，入京覲見，雍正有空便陪著年羹堯的妹妹華妃，其他妃嬪大受冷待，甄嬛自亦不能倖免，雖說比起牛郎織女一年僅可一見，甄嬛還算是幸運的，不過，在對皇上有情的甄嬛心裡，或許正是一日不見，如隔三秋吧？

所以，當華妃將安陵容當成歌妓，百般挑剔刁難時，甄嬛自告奮勇，彈琴吟詞，念的便是秦觀的這一首〈鵲橋仙〉。甄嬛吟得投入，皇上聽得入迷，吟至「兩情若是久長時，又豈在朝朝暮暮」時，兩人眼神交會，幾乎都要爆出火花來，就算華妃當真胸無半點墨，光看這兩人眼波裡的情意流轉，也對這盡在不言中的綿綿愛意，嫉妒得焚火五內。

不過，秦觀的〈鵲橋仙〉歌頌的是堅貞不移的感情，而皇帝三宮六院，又豈來堅貞、何來不移呢？若真要將甄嬛比之為織女，那麼，她盼之念之卻始終不得見之的牛郎，還是皇上的弟弟、她的小叔果郡王允禮。

果郡王的生母是舒妃，康熙在時專寵舒妃，賜予一琴一笛，名曰「長相思」、「長相守」，更為其建造桐花台，可見其受寵程度。然而情深不壽，對後宮女子而言，集三千寵愛於一身，便是集萬千妒恨於一身，看似風光無限，實則駭浪驚濤。舒妃出身不高，康熙在時尚有君恩可以依傍，康熙一死，為保全兒子允禮，舒妃只得避居道家，以示其不戀權位之心，即便曾受盡恩寵，終究落得長伴青燈古佛的下場，無限寂寥淒清。

那年七夕，皇上與親王妃嬪至暢春園宴飲，甄嬛不勝酒力，中途離席，路經桐花台，巧遇了果郡王。果郡王以生母舒妃之例，開解因安陵容受寵而心中失落的甄嬛，在七夕的銀河下，允禮輕輕吟出「金風玉露一相逢，便勝人間無數」一句，即便那時的甄嬛深愛著皇上，對果郡王並不作他想，可果郡王對於這位嫂子卻早已傾心，字字句句說中甄嬛心中所思所感，如此良夜，秋風白露，雖只短短一敘、寥寥數語，卻真真正正勝卻人間無數了。

但見新人笑，那聞舊人哭

佳人　杜甫

絕代有佳人，幽居在空谷。自云良家子[一]，零落依草木。
關中昔喪亂，兄弟遭殺戮。官高何足論，不得收骨肉。
世情惡[二]衰歇，萬事隨轉燭[三]。夫婿輕薄[四]兒，新人美如玉。
合昏[五]尚知時，鴛鴦不獨宿。但見新人笑，那聞舊人哭。
在山泉水清，出山泉水濁。侍婢賣珠回，牽蘿補茅屋[六]。
摘花不插髮，采柏動盈匊[七]。天寒翠袖薄，日暮倚修竹。

【注釋】

一、良家子：指出身良家的女子。
二、惡：厭惡、嫌棄。
三、轉燭：被風吹動而閃爍的燭光，用以比喻世事變幻莫測。
四、輕薄：輕視、侮辱。
五、合昏：合歡花。
六、牽蘿補茅屋：牽拉藤蘿來修補茅屋的漏洞，有成語「牽蘿補屋」，用以形容處境拮据困頓。
七、盈匊：匊，兩手合捧之意。盈匊：滿捧之意。

【語譯】

有位美貌絕世的佳人，幽居在隱僻無人的山谷裡。她自稱是出身於良好人家的女兒，飄零淪落後，才在山谷中依草木而居。當年長安慘遭兵禍動亂，她的兄弟盡皆遭難，雖然他們曾居高官，卻不值一提，死後竟連屍骨都無法收葬。世間人原本就拜高踩低，嫌棄家道中衰的人，萬事的變遷就像被風吹幌的燭火般難以預料。她的夫君是個勢利的人，輕視她家道中落，又娶了一個貌美如玉的新人。合歡花尚知守時，朝開夕合，鴛鴦亦能形影不離，從不獨宿，可她那狠心的丈夫，只看見新人美麗的笑靨，不理會舊人的悲戚。山中的泉水多麼清澈，可流出山外後就變得混濁。為了維持生活，她只得讓侍女去變賣首飾，牽拉藤蘿修補簡陋的茅屋。她仍然喜歡美麗的花朵，只是再也懶得將花插在頭髮上精心打扮，反倒摘取了滿懷長青的松柏。綠色的薄衣無法抵禦天氣的寒冷，只能在日暮西下時，倚著長長的竹子，默默回想著滿懷的心事。

【從詩詞看甄嬛】

杜甫，字子美，是中國文學史上最重要的詩人之一，後人稱他為「詩聖」，稱他的詩為「詩史」。杜甫對政治懷有抱負，卻苦無機會入仕，莫約有十年的時間，他都困在長安，苦苦等待機會，貧困苦悶，「衣不蔽體，常寄食於人」[1]。後來安史之亂爆發，唐玄宗倉皇逃往成都，唐肅宗即位，杜甫憂心國事，安頓家人後即奔投肅宗，卻在途中被安史亂軍所俘。

而後他潛逃至肅宗所在之處，官拜左拾遺，隨即又因直言上書而被貶為華州司功參軍。後來杜甫棄官而去，天涯漂泊，飢寒交迫，終於在好友嚴武的幫助下，於成都西郊浣花溪畔築茅屋而居，即為後世著名的杜甫草堂。在杜甫困苦的一生中，這是一段相對安穩的日子，可惜嚴武病逝後，杜甫再次陷入困境，四處遷徙，在耒陽被洪水所困，十餘日未能進食，後來耒陽縣令派船來接他，船上準備了許多牛肉酒飲，杜甫食畢，竟一夜而死。得年五十九歲。

安史之亂時，社會動盪不安，亂軍所到之處，民不聊生，杜甫自己身受其苦，更同情其他遭遇悲慘的人。這首〈佳人〉雖是描述女子被丈夫拋棄後的悲苦，但究其被拋棄的原因，還是兵禍使她家道中落之故。杜甫原是藉她的故事敘述兵亂所造成的痛苦，更隱含著雖遭危困，卻仍自持清高，不願隨波逐流的志向，只不過「但見新人笑，那聞舊人哭」二句實在太過傳神，最終卻成為女子哀怨丈夫薄情的代表作了。

其實，後宮中妃嬪哪個沒經歷過從「新人」變成「舊人」之苦呢？皇上寵愛純元皇后時，皇后宜修如此，寵愛甄嬛時，華妃如此，寵愛陵容時，甄嬛如此……正因有昔日的風光，才顯得今日的寥落如此淒苦。

詩中獨居幽谷的佳人，有一直陪伴在她身邊的婢女，為她勞碌奔波，而劇中被皇上冷待的妃嬪們，也只有丫鬟不離不棄的陪在身邊，比如剪秋之於皇后、頌芝之於華妃、流朱之於甄嬛、甚至竹息之於太后，恐怕在人情稀微的後宮之中，唯一在乎這些「舊人」們眼淚的，也只有自小跟在主子身邊的丫環了。

在甄嬛禁足時，流朱為了替暈倒的主子請太醫，盡忠而死，一直陪著甄嬛走到最後的人，是瑾汐，而不是她。瑾汐對甄嬛的忠心是無可挑剔的，可是瑾汐的忠心，畢竟是出自她的「選擇」。她覺得甄嬛是個值得效忠的主子，所以才如此盡心，不僅伺候甄嬛，更像是甄嬛的良師益友，總在甄嬛迷惘或失意時，適時地提點幾句。相比之下，流朱才真正是「唯命是從」的丫環，對這些自小陪伴在小姐身邊的丫鬟而言，主人就是她們的全世界，她們的心中對是非善惡並沒有那麼執著，只是隨著主子的喜惡辦事而已。

安陵容曾對寶鵑說，奴才跟著主子久了，主子的心思便是奴才的心思，這句話當真是說的一點不錯，這些丫環自小跟著小姐，潛移默化之下，主子的價值觀，就是她們的價值觀。如果角色對調，華妃變成甄嬛、而甄嬛變成華妃，相信流朱也願意像頌芝一樣，毫無怨言地為了主子、委身於皇上吧。

1. 《新唐書．文藝列傳》。

十年生死兩茫茫

江城子　乙卯正月二十日夜記夢[一]　蘇軾

十年生死兩茫茫[二]。不思量，自難忘。千里孤墳[三]，無處話淒涼。縱使相逢應不識，塵滿面，鬢如霜。

夜來幽夢忽還鄉。小軒窗[四]，正梳妝。相顧無言，惟有淚千行。料得年年腸斷處，明月夜，短松岡。

【注釋】

一、江城子：《全宋詞》題為〈江神子〉。

二、十年生死兩茫茫：蘇軾之妻王弗逝於北宋英宗治平二年（西元一〇六五年），此詩成於北宋神宗熙寧八年（西元一〇七五）年。

三、孤墳：王弗葬於四川眉山，蘇軾時任山東密州，相隔遙遠，故稱千里。

四、小軒窗：指小室的窗前。

【語譯】

死生相隔，已經十年了，即使不主動去思念，卻難以忘懷。妻子的墳遠在千里之外，沒有地方能對她訴說心中的淒涼和悲傷。縱然相逢了，妻子應該也不識得我了吧，這十年來我四處奔波，風霜滿面、鬢髮漸白，早已不是當年的樣子了。

晚上作夢，恍惚中回到了家鄉，妻子正坐在小窗前梳妝，兩人相望無言，淚流千行。料想那明月照映著的、長著小矮松的墳山，就是年年痛若斷腸的地方吧。

【從詩詞看甄嬛】

蘇軾是北宋時期的大文豪，文風向來以豪放率性見長，一首「大江東去浪淘盡」顯盡了他的豪氣，另一首「回首向來蕭瑟處，歸去，也無風雨也無晴」則道出了詩人坦蕩率真的性情。〈江城子〉一詞之所以傳唱千古，除其真情流露、感人至深外，這樣豪氣干雲的大文豪，竟然還是長情念舊之人，想來更是令人唏噓感嘆的原因。直至今日，無論是戲劇或者小說，只要寫到思念亡故的妻子時，〈江城子〉便時常被提及，最知名的，莫過於在金庸的《神鵰俠侶》中楊過思念下落不明的小龍女時，曾羨慕蘇軾尚能偶得一夢，而他日夜思念小龍女，卻連一夢也不可得的橋段，而在《後宮甄嬛傳》中，皇上思念早逝的純元皇后，自也用上了這闋詞。

懷念亡妻，提筆紓臆，蘇軾確是長情之人，不過，他不只長情，且亦多情。王弗死後，蘇軾續弦，娶的是王弗的堂妹王閏之，除此之外，他還有不少侍妾，最出名的，當屬西湖名妓王朝雲。據聞蘇軾有一日下了朝，吃飽飯後，問家中侍妾自己肚子裡所裝何物，侍妾為討好於他，有答滿腹文章、又有答滿腹機智的，蘇軾皆不置可否，直至朝雲妙答「學士一肚皮不合時宜」，蘇軾方捧腹大笑，讚道「知我者，唯有朝雲也。」蘇軾引朝雲為知己，朝雲逝後，他亦做詩懷念，可見王朝雲在蘇軾心中的地位。

純元皇后是宜修同父異母的姐姐，兩姊妹中，先嫁與雍正的，其實是妹妹。當時宜修有孕，純元到王府探望懷孕的妹妹，誰知卻與妹夫一見鍾情，雍正不顧一切，執意迎娶純元進門，宜修雖比純元先入門，卻因為是庶出，反倒成了側室，而將福晉之位拱手讓與了純元。婚後雍正與純元伉儷情深，可才三年純元便因難產而死。皇帝一直懷念於她，久久不忘，甄嬛在選秀時能夠中選，便是因為她長了一張與純元皇后神似的臉。

有一晚，皇帝留宿在皇后宮中，皇后沐浴時，皇上坐在床沿讀到蘇軾的這首詩，感嘆道：「若是莞貴人在，卻能與朕說上一說。」然後，便命太監蘇培盛將一枚象徵永結同心的同心結，送去給甄嬛。

躺在妻子床上，懷念著另一個女人，然後卻將象徵永結同心的飾物，贈與第三個女人，這樣的「念舊長情」不得不說是一種諷刺。雍正與蘇軾一前一後都娶了姊妹為妻，大概只是巧合，不過皇上看著皇后，便不能不想到她的姊姊純元，這樣一來，確實是另一種「不思量，自難忘」了。

卻話巴山夜雨時

夜雨寄北[一]　李商隱

君問歸期未有期，巴山[二]夜雨漲秋池[三]。
何當共剪西窗燭[四]，卻話[五]巴山夜雨時。

【注釋】

一、夜雨寄北：北指北方，李商隱當時身在四川，北方應是代指位在陝西的長安。亦有認為此詩名為〈夜雨寄內〉，內指內人，也就是李商隱的妻子。

二、巴山：馮孟亭曰：「三巴皆可云巴山。」巴山泛指巴蜀之地。

三、漲秋池：夜雨使池水高漲的樣子。

四、共剪西窗燭：古時蠟燭久經燃燒後，點火的棉線會逐漸變黑，冒出黑煙，故久燃後須剪去燈花，才能使燭光更加明亮。後有成語「剪燭西窗」，形容在夜晚與親友聚談。

五、卻話：卻有回頭、回顧之意。卻話：回過頭重新談起。

【語譯】

你問我歸期，我也不知何時才能回去，今晚巴山下著雨，池塘裡漲滿了秋水。何時才能與你一同在西窗下剪著燭芯，回頭說起此刻我在巴山聽雨的心情呢？

【從詩詞看甄嬛】

李商隱生平請看，【碎玉軒的對聯】此情可待成追憶。

甄嬛雖與皇上有十多年的情份，可最心無芥蒂、繾綣情深的日子，恐怕只有初受寵時那一段時光，即使眉莊因假孕被禁足，甄嬛對皇上的狠心不免感到驚惶，但少女情懷，卻仍企盼著皇上待自己或者不同他人。皇上也並非看不出甄嬛心懷憂思，便命人精心裁製了一雙蜀錦織就的鞋子，贈與甄嬛，盼搏美人一笑。

皇上贈送的是物質，甄嬛領受的卻是心意。是夜溫馨動人，甄嬛拿把剪子剪去蠟燭上結出的燈花，對皇上說「何當共剪西窗燭，卻話巴山夜雨時」，小閣中燭光流轉，何等溫暖。不過紫禁城外朗朗星空，無夜雨可話，偏生湊巧的是，果郡王當時人卻在四川巴蜀，正欣賞著巴山夜雨的景致。

而後甄嬛失寵離宮，與果郡王相戀，過了一段只羨鴛鴦的歲月，雖然劇中只給了這對戀人幾幕談心的橋段，可在那一段繾綣時光裡，想必兩人定是無話不談的，又焉知二人沒有共剪燭芯的溫暖？若有的話，想必果郡王定會將昔年入蜀，卻逢巴山夜雨的情景，細細地說與甄嬛知曉吧。

一騎紅塵妃子笑

過華清宮[一]絕句三首之一　杜牧

長安回望繡成堆[二]，山頂千門次第開。
一騎紅塵妃子笑，無人知是荔枝[三]來。

【注釋】

一、華清宮：位於驪山，為唐代時的溫泉行宮。白居易〈長恨歌〉云「春寒賜浴華清池，溫泉水滑洗凝脂」，描述唐玄宗與楊貴妃在此作樂之景。

二、繡成堆：描繪驪山之景。驪山有東西繡嶺。

三、荔枝：產於嶺南之水果，據史記載，楊貴妃十分喜愛[1]。

【語譯】

從長安回首望去，只見驪山東西繡嶺、蔥鬱扶疏，宮門一扇接一扇的打開了。差官騎著驛馬奔馳送來之物，終於搏得了寵妃一笑，只是又有誰知道，這樣百里加急所送之物，並非是重要的公文，而只是荔枝呢？

【從詩詞看甄嬛】

杜牧，字牧之，號樊川，晚唐著名詩人，與李商隱並稱「小李杜」。在政治上，杜牧懷有抱負，尤其喜好論兵，曾為《孫子》作注；在文學上，杜牧自稱作詩「本求高絕，不務奇麗」，《新唐書》亦評杜牧詩「情致豪邁」，可見其詩風。

在古代詩詞中，「詠史」是一大題材。所謂詠史，便是讚詠、或詠歎某一歷史事件，文人經常藉著對歷史的感嘆，喻古諷今。比如杜牧生在晚唐，他出生時，楊貴妃早已過世近半個世紀，〈過華清宮絕句三首〉便是杜牧藉著楊貴妃一事，表達他對君王過度寵溺嬪妃的譴責。

自古以來，被稱作禍水的嬪妃，不計其數，比如漢成帝時的趙飛燕、唐玄宗時的楊玉環，皆是如此，後世作詩或文章譴責她們狐媚惑主的文人，不計其數。可是什麼叫做「惑主」呢？嬪妃以心機手段迷惑君王，當然稱為惑主，但即便她什麼也沒做、是皇帝自己喜歡她、迷戀她，依舊是一種惑主的行為。因為一個真正能為君王著想的女人，應當把君王的利益置於自己的利益前面，她必須要為君王的名聲考慮著想，所以若君王執意迷戀於己，她也不能接受，非但不能接受，還得勸君王去寵幸一下別的女人才行。

這樣複雜扭曲的現實，不夠聰明的女人是無法理解承受的。甄嬛聰慧，所以她不敢做趙合德[2]，但華妃若有得選擇，卻很想當楊貴妃。當她知道皇上賞了雙蜀錦做成的玉鞋給甄嬛，又嫉又妒，立刻吩咐下去，想盡辦法弄了兩匹蜀錦來，曹貴人一句「一騎紅塵妃子笑」，馬屁算是拍到了點子上。

只不過楊貴妃下場淒涼，人雖難免一死，但被昔日寵愛自己的男人下令賜死，更加難堪。安史之亂時，玄宗為保全自身，下令賜死了楊貴妃，畢竟寵妃可以再有，君權失了就再難得，華妃在臨死前，終於是明白這一點，可是卻已經來不及了。

1. 《新唐書．楊貴妃列傳》：「妃嗜荔支，必欲生致之，乃置騎傳送，走數千里，味未變已至京師。」
2. 詳見第二一七頁〈息肌丸與趙飛燕〉

深宮女子的寂寥閨怨

雙雙金鷓鴣

菩薩蠻　溫庭筠

小山重疊金明滅[一]，鬢雲欲度香腮雪[二]。懶起畫蛾眉，弄妝梳洗遲。

照花前後鏡[三]，花面交相映。新帖[四]繡羅襦[五]，雙雙金鷓鴣[六]。

【注釋】

一、小山重疊金明滅：此句有兩種解釋。第一種認為小山乃小屏山之簡稱，古代屏與床榻相連，屏上多畫金碧山水，陽光照映在屏風上，反射出光影明滅。另有一說，認為小山意指眉毛，古時女子的畫眉式樣中，有遠山眉一種，金則是婦女妝飾在雙眉中間的額黃。

二、鬢雲欲度香腮雪：鬢雲用來形容女子鬢邊的頭髮既多且濃密。古時女子盤髮為髻，睡夢中髮亂下垂，被風吹亂，便在腮邊飄動。香腮雪，形容女子膚色白皙，欺霜賽雪。

三、照花前後鏡：花指簪花。用兩面鏡子前後對映，瞻顧髮型及所簪之首飾。

四、新帖：帖指花樣子，用紙裁出，貼於綢帛之上，作為刺繡時的藍本。亦有將帖解釋為熨貼之意，新帖即是剛剛熨平的衣服。

五、羅襦：絲質的短衣。

六、金鷓鴣：用金線在衣服上繡出的鷓鴣鳥圖案。

【語譯】

清晨的陽光照在描繪了金山碧水的屏風上，晨曦閃閃，忽明忽滅，髮髻在睡夢中亂了，鬢邊的髮絲垂落到了腮畔，懶洋洋地起身描繪眉毛、化妝梳洗。

仔細對著前後兩面鏡子，瞻顧頭上所簪的首飾，花和面容在鏡中交相輝映，換上新貼了圖樣的繡花絲綢衣服，上頭繡著成雙成對的鷓鴣鳥。

【從詩詞看甄嬛】

溫庭筠，字飛卿，是晚唐時代非常著名的詩人、詞人，尤通音律，應試時做律賦，叉手一吟，即成一韻，八叉手而八韻即告完成，故又被稱為「溫八叉」。他的詞風濃豔華麗，尤其善寫閨怨女子，王國維《人間詞話》評之：「『畫屏金鷓鴣。』飛卿語也，其詞品似之。」

此首〈菩薩蠻〉，乃溫飛卿的代表作之一，詞中描繪一位女子晨起時在閨中理妝的過程。這位女子絕色殊麗，鬢絲如雲，膚色勝雪，衣飾華貴，可即使她如此美貌，又過著優渥的生活，身邊卻無人陪伴，徒有嬌容華衣，卻無人欣賞，衣服上繡的鷓鴣鳥成雙成對，她卻形單影隻，因此她連打扮自己，都意興闌珊了。整闋詞沒提及一字愁怨，卻將這位女子深閨寂寥之情刻畫入微，詞風精艷、卻不俗豔，正是溫詞最受人稱道之處。

溫庭筠擅長描寫身處富貴、卻滿懷閨怨的女子，而這樣的女子，自然是後宮裡最多了。在選秀前，華妃年世蘭可說是獨霸後宮，即便不提她的哥哥年羹堯扶助雍正登基有功，光說華妃自己，漂亮、美艷，而且年輕，和皇后這種幾乎都能當她娘的老女人競爭，自然是勝卷在握。

可風水輪流轉，當年她日日譏諷皇后人老珠黃，可新一撥的秀女進了宮，最小的淳常在竟然才十四歲，兩相對照之下，華妃才發現，自己也不年輕了。

華妃手段狠辣，可性子急躁，是把喜怒哀樂全寫在臉上的人，她和甄嬛幾度交手，雖然靠著在宮中多年經營、根基穩妥，頗佔上風，可明眼人一看，便知她破綻百出。對於自己未能掩飾周全的紕漏，華妃沒發現嗎？而皇上沒有追究到底，多半還是看在她哥哥的面子上的緣故，華妃又難道不曉得？她心裡應是清楚的，她雖急躁，但並非蠢笨，斷不可能毫無所覺，可是，華妃要的是愛情、而非權位，權位可以等，只要獲得最後勝利就算贏，但愛情卻不行。

所以，趁著年羹堯平定青海之亂，皇上又復對她百依百順之際，華妃便挾天子以令妃嬪，將安陵容當成歌伎，召來唱歌助興。甄嬛因擔心陵容吃虧，竟也跟來，這是意料之外的事，原不在華妃的盤算之中。可是，年世蘭不是會退縮的女人，一轉念便打定了「來一個砍一個，來兩個砍一雙」的主意，要安陵容唱一首繾綣的情歌，而陵容唱的，便是溫庭筠的這闋〈菩薩蠻〉。

安陵容沒讀過什麼書，對於這首詩的含意究竟通不通曉、是否意存諷刺，不得而知。華妃對詩詞歌賦並不上心，恐怕也不明白這詩飽含閨怨，要不老早借題發揮，而不會只是挑剔陵容的歌藝了。不過錯有錯著，華妃可不正如這闋詞中衣著華麗的閨怨女子嗎？正如華妃曾言：「做衣如做人，一定要花團錦簇、轟轟烈烈才好。」華妃有年羹堯暗助，整個宮中就屬她手頭最為闊綽，吃穿用度最為奢華。而後華妃失寵，多次感嘆皇上不來，她打扮得再嬌豔，又給誰看，和這闋詞中的女子心境，十分相似。

這首〈菩薩蠻〉，在最後一集時又出現了一次，那時甄嬛扶持養子四阿哥當上了皇帝，成為太后，地位崇高，再無人可撼動分毫，可那時的她，其實不過三十歲。餘下的漫長生命裡，她再不會有男人、更不會有愛情，即便錦衣玉食，也只是寂寞的捱至老死，若溫飛卿在世，又該為這樣淒冷孤獨的生命，作一首什麼樣的詞呢？

唯有牡丹真國色

賞牡丹　　劉禹錫

庭前芍藥妖無格[一]，池上芙蕖[二]淨少情[三]。
唯有牡丹真國色，花開時節動京城。

【注釋】

一、無格：格，骨格。此處無格指格調不高。
二、芙蕖：荷花的別名。
三、少情：缺少情致。

【語譯】

庭前的芍藥花雖然妖艷卻缺少格調，池中的荷花雖然清雅潔淨卻缺乏情致。只有牡丹花才是真正的國色天香，在花開的季節，能驚動整個京城，引得無數人爭相觀賞。

【從詩詞看甄嬛】

劉禹錫，字夢得，是中唐時期的代表詩人之一。他二十歲時便登進士，對政治懷有遠大的抱負，支持以王叔文為首、主張打擊宦官的革新政策，史稱「永貞革新」。不過永貞革新只持續了不到一年便告失敗，參與其中的人皆被貶斥。雖被貶官，但劉禹錫並未屈服，他作詩諷刺時政，得罪權貴，幾十年間皆被朝廷外放於偏遠之地，雖曾因裴度推薦，短暫回京任官，但很快又被外放，直至晚年因患有足疾，才回到京中。

在政治上，劉禹錫剛折不屈，在文學上，他亦具有十分重要的地位。他支持古文運動，認為駢文華而不實，詩風則近似於白居易一派，樸實流暢，對社會現實頗多關注。白居易稱他為「詩豪」，讚曰「其鋒森然，少敢當者」[1]。

至於牡丹，自古以來便有「花王」美稱，歷來詠頌牡丹的詩詞不可勝數。其實牡丹與芍藥花形十分相似，最大的區別，便是芍藥為草本、而牡丹為木本。木本植物的莖含有較多木質，較為堅硬，不似草本之莖柔軟，所以芍藥有時又被稱為「沒骨牡丹」，詩中說芍藥「無格」，便是據此而來。

《後宮甄嬛傳》演繹後宮女人之事，自然是字字珠璣、話中有話。嫡庶之分是古時難以撼動的社會結構，所謂「庶出」，白話翻譯，就是「小老婆生的孩子」，古時女子在夫家的位分，並非是依據先來後到的次序，而是家世背景，就好比果郡王雖未娶親，又為了隱瞞自己與甄嬛相戀之事，不得不讓皇上以為他深愛浣碧，但浣碧嫁了過去，終究只能是側福晉，又好比宜修雖比純元早入王府，但因姊姊是嫡出，她也只能將正妻之位拱手讓出；若非太后是她的姑母，不想讓皇后之位流落外人之手，恐怕宜修即使費盡心機除掉了純元，雍正也會另娶她人為正室。

妾室人微言輕，生下的女兒既為庶出，更加不受重視，將來也只能為人妾室，於是「庶出」的身分，幾乎成為一種惡性循環。皇后宜修一生最恨的便是自己的庶出身分，那是與生俱來的印記，至死也無法擺脫，華妃在賞花之時將這事拿出來說嘴，皇后再如何恨得牙癢癢，卻也無話可駁。

甄嬛以〈賞牡丹〉一詩為皇后解圍，急智聰慧，不言可喻，可就是這樣的聰慧，讓皇后對她更為忌憚。或許正如瑾汐所言，有些人不是你待他好、他便會待你好，等到甄嬛終於明白一味心善只會壞事時，她終於扳倒了面慈心狠的皇后，卻也失了當年見義勇為的善良了。

1. 白居易《劉白唱和集解》：「彭城劉夢得，詩豪者也。其鋒森然，少敢當者。」

雙花脈脈交相問

摸魚兒　　元好問

問蓮根、有絲[一]多少，蓮心知為誰苦。雙花[二]脈脈[三]交相問，只是舊家兒女。天已許，甚不教、白頭生死鴛鴦浦[四]。夕陽無語，算謝客[五]煙中，湘妃江[六]上，未是斷腸處。

香奩[七]夢，好在靈芝瑞露。人間俯仰今古，海枯石爛情緣在，幽恨不埋黃土。相思樹，流年度，無端又被西風誤。蘭舟少[八]駐，怕載酒重來，紅衣[九]半落，狼藉臥風雨。

【注釋】

一、絲：藕絲。因絲與思同音，又代指相思之意。
二、雙花：此指並蒂而生的花。
三、脈脈：眼神含情、互相凝視不語之意。
四、浦：水邊。
五、謝客：謝靈運小名客兒，故詩中稱為「謝客」。
六、湘妃：堯有二女，名為娥皇、女英，嫁與舜。後舜死，娥皇、女英哭投於湘水之中。
七、香奩：唐朝韓偓著有《香奩集》，靈芝、瑞露二詞，引其典故。
八、少：稍微之意。
九、紅衣：此借指蓮花。

【語譯】

請問蓮根，你的蓮絲有多少、感受到的思念之苦，又有多少？蓮心苦澀，又是為誰呢？並蒂的蓮花含情脈脈的相望著，原來就是昔年那一對殉情的男女。上天既已讓他們相愛，又為何不許他們白頭偕老，而要殉情於荷塘中？夕陽無語西沉，謝靈運的自傷、以及湘妃沉江的傳說，都及不上他們的故事，如此令人斷腸。

這樣美好的感情，就猶如靈芝上頭的露水一般，高潔無暇。細想人世間古往今來，有多少海枯石爛也無法磨滅的感情，那樣的幽恨，黃土亦掩埋不住。西風無情，將相思樹摧殘的凋零葉落。即將揚帆的蘭舟請稍停一會兒，就怕下次載酒歸來時，這滿池的紅蓮已經凋殘，任由風雨吹落，花瓣滿地了。

【從詩詞看甄嬛】

元好問，字裕之，號遺山，是金、元之際著名的文學家。

靖康之難後，宋高宗逃往南京，與金朝訂下紹興和議，從此神州江山一分為二。金朝啟用不少北宋遺留的文人，這些文人在金朝佔領中國北方時，延續了宋詞的文化，揉合以游牧民族質樸剛健的氣息，使得金詞別開生面，發展出與南宋詞截然不同的氣象。

元好問不僅能作詞，還能作小說，撰有《續夷堅志》。不過他最為後人稱許的，並非詩詞、也非小說，而是他在保存金朝史料上的貢獻。金朝被蒙古所滅後，元好問開始編纂《中州集》，蒐集金朝一代詩歌、並為文人立傳，另外，他編纂《南冠錄》，記載許多金朝君臣事跡，而後元脫脫編纂金史，便大量參考了元好問的著作[1]。

元好問的詞作最大的特色之一，便是以民間傳奇入詞。比如上述一詞，記述的便是金章宗泰和年間一對殉情男女的故事。這一對男女彼此相戀、卻遭家人反對，憤而投水自盡，後來有人在蓮池中發現了他們的屍體，那一年池中的荷花全都並蒂而開。元好問十分同情這對爭取自由戀愛而不可得的男女，故而寫下了這闕詞。

在《後宮甄嬛傳》裡，溫實初與甄嬛自小相識，他們初次相見時，甄嬛泛舟於湖心，唱的便是這一首詞。而後甄嬛小產，鬱結成疾，溫實初前往診脈，又重提昔年舊情。

其實甄嬛身為妃嬪，木已成舟，溫實初何苦重提昔年往事？他與甄嬛之所以不能在一起，從來都非皇上、或果郡王之故，而是甄嬛自始至終對他皆無半分男女之情。或許，他便是個溫厚之人，既心疼甄嬛的遭遇，卻又不知能幫得上她什麼，除了反覆申訴自己的痛心憐惜之外，亦束手無策吧。

1. 《金史・文藝傳》：「好問曰：不可令一代之跡泯而不傳……纂修金史，多本其所著云。」

一曲菱歌敵萬金

酬朱慶餘[一]　張籍

越女新妝出鏡心[二]，自知明豔更沉吟[三]。
齊紈[四]未是人間貴，一曲菱歌敵萬金。

【注釋】

一、酬朱慶餘：酬有應對、唱和之意。朱慶餘是唐代詩人，頗得張籍賞識。
二、鏡心：鏡湖中心。鏡湖位於浙江省紹興縣，紹興古名越州。
三、沉吟：沉吟之意。遲疑、猶豫。
四、齊紈：齊地出產的白色綢絹。引申為名貴的絲織品。

【語譯】

越州的一位採菱姑娘剛剛妝扮好自己，出現在鏡湖的湖心，雖然明知自己容色明豔，但求好心切，仍然遲疑猶豫。穿著齊紈製成的名貴衣服的姑娘，並不是最值得被看重的，反而是這位採菱姑娘美妙的歌聲，才抵得上一萬金呢。

【從詩詞看甄嬛】

細數中國古典詩詞，情詩之多，不可勝數，並非是中國人浪漫多情，而是自古以來，文人雅士便常藉由男女之情，比擬君臣、朋友、師生等其他人際關係，所謂「思君」，既可是女子思念情郎，亦可是人臣思念君王、學生思念老師，不過是此君非彼君而已。若要舉其代表作，朱慶餘的〈近試上張水部〉便是一例，詩云：「洞房昨夜停紅燭，待曉堂前拜舅姑。妝罷低聲問夫婿，畫眉深淺入時無。」表面上是在描寫新嫁娘拜見公婆前的緊張忐忑，可實際上，卻是一位考期將近的學子，正為自己的前程煩心。

〈近試上張水部〉詩題裡的張水部，指的便是詩人張籍，時任水部員外郎，故稱張水部。張籍在唐朝頗有文名，韓愈對他尤其欣賞，曾力薦他擔任國子監博士（國子監乃古代官學）。張籍亦樂於提攜後進，朱慶餘即是其一，〈酬朱慶餘〉便是張籍為回覆朱慶餘所作，朱慶餘是越州人，故張籍以採菱越女比之，說此女容貌既美、歌藝動聽，必然會受到賞識，無須擔憂，以此寬慰朱慶餘無須為考試擔心。

在《後宮甄嬛傳》裡，當甄嬛因小產後傷心鬱結、更怪皇上不肯嚴懲華妃而和皇上冷戰時，皇后便眼疾手快地抓住了這個好時機，將已成為她手中棋子的安陵容，送進了皇上懷裡。

當初陵容雖因甄嬛安排，受寵於皇上，可不久後年羹堯回京面聖，皇上為了討好於他，不得不疏遠六宮，獨寵華妃。待到年羹堯離京，皇上的新鮮勁兒也過了，陵容又不巧患了咳疾，很快地便被皇上拋諸腦後。因為失寵、自卑、缺乏判斷能力、更因為對甄嬛的嫉妒，在皇后宜修暗中挑撥下，陵容很快地投入了皇后的陣營。皇后找了人著意訓練了她的歌喉——不是將她的歌聲訓練得更好、而是訓練得更像純元皇后。然後，巧妙的安排了一段乘船於湖中、蒙面獻唱的戲碼，終於吸引了皇上的注意，不僅從常在晉升為貴人，皇上還將當年舒妃遺留的一件金縷衣賞給了她。

華妃陣營的曹貴人心思機敏，不是看不出皇后此舉意在打擊甄嬛，故此幸災樂禍；皇后陣營的齊妃自知人老珠黃，雖然既羨且妒，卻也無可奈何；倒是向來被忽略的欣常在，不知是讚亦或是譏的說了一句：「果然是一曲菱歌敵萬金啊！」

還記得安陵容唱的〈金縷衣〉嗎？「勸君莫惜金縷衣，勸君須惜少年時」，皇上的確不怎麼吝惜一件金縷衣，只因為安陵容那六、七分相似於純元的歌聲，讓他想起了少年時與純元的恩愛時光，在皇上心裡，價值萬金的從來不是安陵容，而是純元皇后。陵容真正缺少的，其實並非家世、更非才學，而是「人貴自重」的體悟，她曾說自己「成也歌喉，敗也歌喉」，但其實，她的成功來自於她與純元皇后的歌聲相似，而她的失敗是由於她始終都只是劣質的純元仿冒品，貶低自己甘為替身、最終也只會被當作用完即丟的代替品，後來她再度遭人陷害，從此壞了嗓子，果然就又再度失寵了。

若得相守，何必相思

長相思，摧心肝

長相思　　李白

長相思，在長安。絡緯[一]秋啼金井闌[二]，微霜淒淒簟[三]色寒。孤燈不明思欲絕，捲帷[四]望月空長嘆。美人如花隔雲端。上有青冥[五]之長天，下有淥[六]水之波瀾。天長路遠魂飛苦，夢魂不到關山[七]難。長相思，摧心肝。

【注釋】

一、絡緯：昆蟲名，常在夏夜振翅作聲，鳴聲急促似紡絲。

二、金井闌：闌，欄杆。金井闌：井欄上有金碧輝煌雕飾的井。

三、簟：音同「電」，竹席也。

四、帷：帳幕。

五、青冥：蒼天。

六、淥：清澈。

七、關山：關隘與山峰。長用以比喻路途遙遠、行路艱難。

【語譯】

我長久思念的人，居住在長安城中。秋夜的紡織娘在金碧輝煌的井欄旁不停的鳴叫，秋霜落降，淒楚寒冷，連竹席都透著寒意。孤獨的燈光昏昏暗暗，我對他的思念如此深刻欲絕，捲起了簾帳，看著月亮，只能枉自嘆息。

美人如花似月，卻遠在雲端，與我遠遠相隔。上有迷茫遼闊的蒼天，下有清澈河水的波瀾，這樣的天長路遠，連魂魄要飛去相見都很辛苦，又被重重的關隘山峰所阻，連在夢中，魂魄也到不了對方身邊。這樣的深刻相思，真是摧人心肝啊！

【從詩詞看甄嬛】

李白，字太白，號青蓮居士，是唐代最為有名的大詩人。

李白人如其詩，狂放豪邁，這樣狂放不羈的性格使得他的詩作氣勢磅礴，卻也讓他得罪不少權貴。根據正史紀載，唐玄宗原本很欣賞他的才華，還曾經親自為他舀湯[1]，何等親厚，可是李白不拘小節，酒醉之後，竟要高力士為他脫鞋[2]，得罪了日日在皇帝身邊伺候的宦官，自然升官無望了。

李白自知留在長安已無發展，向皇帝請求放歸，唐玄宗待他還算不差，「賜金放還」，此後數年，他寄情山水，何等自在。安史之亂爆發時，李白依附永王李璘，成為幕僚，而後李璘謀反，兵敗被殺，李白也獲罪入獄，幸得郭子儀力保，才免於死罪。至於李白的死因，至今仍眾說紛紜。《舊唐書》說他飲酒過度而死，《唐才子傳》說他酒醉之後，欲撈水中月而溺死，總之與喝酒脫不了干係。

唐代近體詩興起，李白雖生於唐代，但一般公認他的古體詩寫得比近體詩更好，或許是因為古體詩對於用韻、排律的要求不如近體詩嚴格，更適合他不羈小節的性格。〈長相思〉便是其古體詩的代表作之一。

古人作詩寄寓深遠，好以美人比喻自己，情郎比做君王，忠臣之忠義不被君王認可，恰如女子之情意不被夫君珍惜一般，李白這首〈長相思〉，便是他離開長安之後、思念君王所作。

在《後宮甄嬛傳》中，舒妃雖得康熙鍾愛，得賜一琴一笛，名喚「長相思」與「長相守」，可是康熙離世、舒妃出家，空餘相思，不得相守；而後長相守笛為允禮所得，長相思琴則為甄嬛所有。當年甄嬛初次小產鬱鬱寡歡，連最愛的長相思琴都不願彈奏，就是果郡王以「長相守」吹奏〈長相思〉一曲鼓勵甄嬛，並深切表達視甄嬛為「知己」之意。爾後甄嬛出宮，在甘露寺帶髮修行時，曾與果郡王在舒妃前一同彈奏〈長相思〉，可此時兩人之間的情意已非是「知己」兩字可言喻，但二人縱使情真意切，又何嘗不是落得天人永隔的下場？「相思相守」四字，看來情辭溢美，可若是細細思量，也難免要感嘆，若兩人能夠長相聚首，又何以會在漫漫長夜裡，相思欲絕、摧人心肝呢？

1. 《新唐書．文藝列傳》：「帝賜食，親為調羹，有詔供奉翰林。」
2. 《新唐書．文藝列傳》：「白嘗侍帝，醉，使高力士脫韡。力士素貴，恥之，擿其詩以激楊貴妃，帝欲官白，妃輒沮止。白自知不為親近所容……懇求還山，帝賜金放還。」

為伊消得人憔悴

簾捲西風，人比黃花瘦

醉花陰　李清照

薄霧濃雲愁永晝。瑞腦[一]消金獸[二]。佳節又重陽；玉枕紗廚[三]，半夜涼初透。
東籬[四]把酒黃昏後。有暗香盈袖。莫道不銷魂，簾捲西風，人比黃花瘦。

【注釋】

一、瑞腦：香料名，即龍腦香。

二、金獸：香爐。古時香爐多作為禽獸形，以金漆塗之。

三、紗廚：同紗幮，即蚊帳。

四、東籬：陶淵明有詩「採菊東籬下，依然見南山」，後世沿用，用東籬代指種菊之地。

【語譯】

稀薄的霧氣、濃厚的雲層，漫長的白日滿懷愁緒，瑞腦香在金獸爐裡早已燃燒殆盡。又到了重陽佳節的時候，輕紗製成的蚊帳與綴玉的枕頭，在夜半時分，被涼氣侵透。

黃昏時在種滿菊花的東籬飲酒，淡淡的花香飄盈雙袖。別說人的魂魄不會因為憂愁而消滅啊，西風吹起了簾帷，閨中的人兒比菊花還要憔悴消瘦。

【從詩詞看甄嬛】

若提起中國古代的女作家，李清照絕對是其中佼佼者。她生於北宋神宗年間，父親李格非是當代文豪，雖不是大官，卻有極高的文學聲望。後來她嫁給金石學家趙明誠，趙、李兩家算得上是門當戶對，而趙明成與李清照更是彼此的知音，兩人同樣喜好文學，收集了不少名人字畫、古玩珍品，一一加以校勘、考證。兩人夫妻伉儷，經常在茶餘飯後之時，指著堆積的書史，與趙明誠比較記性，看誰記得哪件事是記載在哪一本書中的哪一頁、哪一行[1]。可惜好景不常，宋室南渡，李清照與趙明誠亦陷入了十分艱難的處境，兩人先後倉皇南逃，家中藏物，十去七八，而趙明誠因病過世，更帶給李清照沉重的打擊。

李清照固然與丈夫繾綣情深，可舊時女子無法自立，她不得不改嫁予張汝舟。可是這一回，她所託非人，張汝舟不過是看上了她僅存的一些古董，婚後對她百般凌虐，逼得李清照不得不揭發張汝舟以前的罪行，以求離異。可是宋代刑法規定，妻子狀告丈夫，就算所言屬實，仍需徒刑兩年，幸好李清照得到當朝大官綦崇禮的幫助，才得以免去兩年的牢獄之災。歷來對李清照是否改嫁之事，頗有爭論，但「改嫁」一事在李清照在生之時，宋朝即有文人於作品中提及，應為事實。

而這首詞作，出現在甄嬛剛剛失去第一個孩子，正為皇上不肯懲處華妃，又撇下失意傷心的她不顧、寵幸安陵容一事而傷心的時候。浣碧設法請來了果郡王安慰她，可是甄嬛自持守禮，並不願意與果郡王太過親近，即使果郡王情真意切的關懷她憔悴消瘦，她卻只以「這時節，簾捲西風，自是人比黃花瘦」輕輕揭過。

〈醉花陰〉一詞是李清照思念丈夫所作。他們夫妻情愛甚篤，但趙明誠終究是朝廷命官，幾次奉召調任，夫妻小別，雖然相思難耐，但總有聚首之期，詞意纏綿卻並不絕望。而甄嬛此時雖對皇上惱怒生氣，但終究心中還是懷著愛意的，她還是相信皇上心裡有她，只不過份量遠比她以為的要輕而已。

若是皇上肯稍作遷就，哄哄她、安慰她，相信甄嬛必不會拒於門外。只不過，若說甄嬛有什麼錯，那就是錯在她從未認清事實，她的夫君是帝王、是皇上，天子之威、九五至尊，怎麼能向一個小小女子低頭呢？

1. 李清照〈金石錄後序〉：「每飯罷，坐歸來堂烹茶，指堆積書史，言某事在某書、某卷、第幾頁、第幾行，以中否角勝負，為飲茶先後。」

遣妾一身安社稷

代宗徽公主意　　李山甫

金釵墜地鬢堆雲，自別昭陽[一]帝豈聞。
遣妾一身安社稷，不知何處用將軍。

【注釋】

一、昭陽：昭陽殿，代指宮殿。一作朝陽。

【語譯】

金釵墜落到地上，鬢髮如雲般漸漸霜白，自從告別了昭陽殿、遠離了京城，皇上又豈曾對我聞問分毫？派遣我一介女流去和親，即可安定社稷，不知將軍又有何用處呢？

【從詩詞看甄嬛】

李山甫，晚唐人，字、號、生卒年皆不詳，正史中只提到他屢試不第，後依附藩鎮而為幕僚，《舊五代史》把李山甫、羅隱的文采相提並論[1]，羅隱是當代著名詩人，由此可窺李山甫在當時文壇的地位。

至於崇徽公主，其實並沒有皇室血脈，而是唐朝將領僕固懷恩的女兒。僕固氏為鐵勒部九大姓之一，原本就是北方遊牧民族，唐太宗時勵精圖治，北方外族先後降伏於唐，但晚唐政治敗壞，外族蠢蠢欲動，僕固懷恩勾結回紇，進犯邊關，終因兵敗被殺。因此亦有人認為，崇徽公主本就是外族蠻夷，又兼罪臣之女，皇室封為公主，以嫁回紇，崇徽感激都來不及，何來愁緒，李山甫的〈代崇徽公主意〉，只是藉崇徽和親一事，譏諷唐朝屢以帝女和親而已。

罪臣之女和親，就必得感恩戴德嗎？若用現代眼光看來，恐怕不可思議至極。不過，古代的女人是沒有聲音的，只有文人雅士，揣度其意，為其賦詩。李山甫另有一詩〈陰地關崇徽公主手跡〉言「誰陳帝子和番策，我是男兒為國羞」，宋朝歐陽修〈唐崇徽公主手痕和韓內翰〉云「玉顏自古為身累，肉食何人與國謀」，「肉食」指的是居官享俸者，而向君王獻計和番的，自然便是這些光會吃飯不辦事的人。這些詩作裡，除為和親女子惋惜外，更多的，恐怕還是對君威不昭、將士無用的憾恨。

不過《後宮甄嬛傳》畢竟是部後宮鬥爭史、而非和親血淚史，朝瑰公主下嫁準噶爾，旨在為曹琴默背叛華妃埋伏筆，對於和親一節，不過輕輕帶過而已。其實，以和親作為政治手段，歷代皆是尋常事，敵強我弱之時，和親代表著中原王朝的讓步，外族通常藉姻親為由，提出開放邊市互易、農產品交換等要求；而敵弱我強之際，和親是一種拉攏的手段，類似於皇上將歌妓贈與王公大臣作為獎賞，比如漢元帝時匈奴單于入朝拜見，說自己願當漢家女婿，漢元帝就賞了他一名宮女，即是歷史上大大有名的王昭君；另外有些時候，和親還可以作為離間的手段，分化外族與外族之間的感情，以夷制夷，遠交近攻。

甄嬛建議讓曹貴人操辦朝瑰公主和親的嫁妝，自然是為了嚇她一嚇，讓她知道無權無勢的公主，下場是何等悽慘，而皇后一句「朝瑰公主的生母不過是個小小貴人」或許說者無心，可曹琴默聽者有意，更是一臉驚惶。曹琴默一心所求，不過是女兒溫宜得以平安成長，即使華妃將她當作是出氣包，動輒打罵凌辱，她也不甚在意，直到華妃為了爭寵，不惜利用溫宜，曹琴默才驚覺，即便她對華妃再如何忠心，也不見得能保溫宜平安。

作為華妃的人馬，曹貴人和麗嬪及余鶯兒不同，她自知平庸，從未對皇上的恩寵有過任何妄想，後她因揭發華妃罪行有功，從貴人晉為襄嬪，那也只是因為她深信自己爬得越高，溫宜的前程就會越好。她的「爭」始終出於母愛，若說曹貴人與甄嬛有何不同，那便是甄嬛即使受盡苦楚，仍能容人、更能信人，願將親生女兒朧月交給敬妃撫養，而曹貴人卻缺乏這樣的度量。

後來皇帝以曹琴默背叛舊主、屢次進言殺死華妃、心狠手辣為由，讓她身邊的宮女暗中下毒，了結了曹琴默。可華妃跋扈，更利用溫宜爭寵，皇上不是不知道，又何以不能體會曹貴人憐子之心？說白了，不過是皇帝對年世蘭終究有那麼一絲稀薄的感情與愧疚，最終遷怒於曹琴默罷了。

1. 《舊五代史》：「錢塘有羅隱，魏博有李山甫，皆有文稱，與龔吉齊名於時。」

執手相看淚眼，竟無語凝噎

雨霖鈴　　柳永

寒蟬淒切，對長亭晚，驟雨初歇。都門帳飲[一]無緒[二]，留戀處、蘭舟[三]催發。執手相看淚眼，竟無語凝噎[四]。念去去、千里煙波，暮靄沉沉楚[五]天闊。

多情自古傷離別。更那堪、冷落清秋節[六]。今宵酒醒何處，楊柳岸、曉風殘月。此去經年[七]，應是良辰、好景虛設。便縱有、千種風情，更與何人說！

【注釋】

一、帳飲：於路旁設置帳篷，備酒食送別行者。

二、無緒：沒有心情。

三、蘭舟：木蘭舟，泛指船隻。
四、凝噎：哽咽而說不出話來。
五、楚：春秋時楚國立國之地，後泛指長江下游一代。
六、清秋節：重陽節的別稱。
七、經年：形容時間長久。

【語譯】

秋蟬的鳴聲淒然急切，面對著長亭時，時間已晚，急驟的雨勢才剛剛停止。在京城外的路旁設帳餞行，雖喝著酒，卻沒有心情享用。正留戀不捨時，船已催著我趕快出發。緊緊握著對方的手，淚眼相對，滿腔的話哽咽在喉頭，一句話也說不出口。想到別離之後，相隔著千里煙波，晚間的暮氣如此沉重，而我將前往的楚地，天地又該是多麼遼闊啊。

多情的人自古總為離別而傷懷，又怎麼禁得起在這應該要團聚的清秋節分別？今天夜裡，酒醒的時候又會身在何處呢？大概是在楊柳岸邊，只有拂曉的風與殘月相伴了吧。這一去後長年離別，在這期間，再好的良辰美景，也都只是虛設，就算有千萬種風情，又能夠對誰說呢？

【從詩詞看甄嬛】

柳永，其生平請見【衣帶漸寬終不悔】為伊消得人憔悴。

柳永一生反覆入京應試，後雖終於考取，但仍然多被外放在外地，所以他的詞作中，多有懷念京城友人之作，〈雨霖鈴〉一詞，便是他離開京城時所寫，詞風秀淡幽艷，在柳詞裡，算是較為典雅的作品，尤其「多情自古傷離別」一句，更受後人讚賞喜愛。正如甄嬛在雍正臨死前說「臣妾要這天下來做什麼」一樣，女人所在乎的，不過是感情而已，因為在乎，所以患得患失，即使在盛寵之中，依然巍巍顫顫。或許正是因為如此，所以即使當甄嬛在後宮中一枝獨秀、還能隨時出入御書房伴駕之時，她順手寫下的，仍是這樣傷感悲離的柳詞。

皇上嫌柳詞傷感，寫下「花好月圓人長久」賜予甄嬛，可花無百日好、月無夜夜圓、君恩更加不久長，不久之後，甄嬛再度失寵，離宮修行，親人兒女，從此再見無期。多情自古傷離別，甄嬛與前來送行的眉莊執手相看，淚眼迷濛，雖有萬千囑託，卻不知從何說起。昔日執筆書柳詞，今朝無一不應驗，又怎能令人不為她的命運感傷呢？

易求無價寶，難得有心郎

贈鄰女[一]　魚玄機

羞日遮羅袖，愁春懶起妝。
易求無價寶，難得有心郎。
枕上潛垂淚，花間暗斷腸。
自能窺宋玉[二]，何必恨王昌[三]。

【注釋】

一、贈鄰女：此詩又名〈寄李億員外〉。

二、宋玉：宋玉，戰國辭賦名家，作〈登徒子好色賦〉。賦中寫到，鄰人女子戀慕於他，攀在牆上偷偷窺探，長達三年。

三、王昌：據傳王昌是三國時人，姿容俊美，為時人所賞。

【語譯】

有位美麗的鄰家女子，她白日時用衣袖遮住她美麗的臉龐，春日裡愁思滿懷，懶得梳妝打扮，感慨著再怎樣的無價珍寶，都比誠摯有心的情郎容易得到。她深埋在枕頭中暗自垂淚，她在盛開的花叢中暗自傷心斷腸。其實，既然能夠攀在牆頭窺看宋玉、主動追求意中人，又何必怨恨自己不能早日嫁得像王昌這樣的俊郎才子呢？

【從詩詞看甄嬛】

唐朝道教盛行，出居道家為女冠者眾，寫下「至高至明日月，至親至疏夫妻」的李治是女冠，寫下「易求無價寶，難得有心郎」的魚玄機也是。其實，魚玄機曾經也是養在深閨的少女，一心期盼遇到一個疼愛自己的丈夫，根據《全唐詩》前的小序，魚玄機喜讀書、有才思，嫁給了李億，成為他的妾室。

剛剛成親之時，魚玄機與李億的確是有過一段恩愛繾綣的好時光，可是寵妾與正妻之間的關係經常是勢如水火，魚玄機也不能例外，因為李億的正妻不喜歡她，魚玄機只得離開了李億，避走外地。在這段在外漂泊的日子裡，魚玄機深深思念著丈夫，期待丈夫前來看她，即便只是隻字片語也好，可是她等呀等的，李億始終沒有出現。

魚玄機對李億絕望了，轉而尋覓其他的知音人，她喜好詩書，喜歡的自也是滿腹經綸的男子。她轉而喜歡上御史李郢，寫詩向李逞告白，只不過李郢並沒有接受她的情意，反而拒絕了她。情場兩度失意、失落難忍，魚玄機終於出家作了女道士。

至於魚玄機的死因，歷來也有爭議。根據黃甫枚的《三水小牘》紀載，她在道觀時並不安分，與往來清客頗有曖昧，她有個婢女名叫綠翹，頗有姿色，原本與魚玄機友好的清客竟看上了綠翹，魚玄機懷疑綠翹與該名清客有染，鞭打綠翹，竟將之活活打死。此事後來被人發現，魚玄機因此下獄，卒時不過二十五歲。歷代據此改編的小說或傳記不少，甚至有將魚玄機歸為妓女一流，或稱其為「唐朝豪放女」，其實，魚玄機雖不符合古時「三從四德」的標準，卻也只是較為縱情而已，以現代的眼光來看，女人追求愛情、渴望男人的寵愛，又有什麼錯呢？

在《後宮甄嬛傳》裡，甄母第一次進宮探望女兒時，甄嬛便忍不住對母親傾訴起自己的哀愁，脫口說出「易求無價寶，難得有情郎[1]」，隨即被甄母以「鸚鵡前頭不敢言」所阻。其實，女兒在婚姻中受了委屈，對母親抱怨幾句，有什麼大不了的呢？只不過古時的男女地位如此不公，女子一旦嫁人就得死心認定，即便丈夫無心，仍得要求自己時刻盡心，也難怪魚玄機要說「自能窺宋玉，何必恨王昌」，鼓勵女子勇於追求自己的感情了。

1. 此詩原為「難得有心郎」，至於「難得有情郎」乃是後人誤植，口耳相傳，成為習慣說法。

鸚鵡前頭不敢言

宮詞　朱慶餘

寂寂花時[一]閉院門，美人相並立瓊軒[二]。
含情欲說宮中事，鸚鵡前頭不敢言。

【注釋】

一、花時：花盛開之時，指花季。

二、相並立瓊軒：並立，並排而立。瓊軒，廊臺的美稱。

【語譯】

百花盛開雖美，可院門緊閉，寂寞蕭索，兩位美人並排佇立在裝飾華貴的走廊之上。雖然心中滿懷著幽思愁緒，可掛在樑上的鸚鵡正偷聽著，雖想互相傾訴、一吐為快，卻不敢言說了。

【從詩詞看甄嬛】

在各種詩詞體裁中，絕句精簡，故字字珠璣。比如朱慶餘這首〈宮詞〉便是一例。首句「寂寂花時閉院門」雖是寫景，卻以景補情，用花當盛時、卻只能在重門深閉的院門內自開自落的寂然之景，暗示了女子深居宮闈的幽怨，後句接「美人相並立瓊軒」，無限愁緒，不言自明，無須多加描述，便可知這兩位女子含情欲訴的，應是無限的怨嘆了。

鸚鵡雖會說人話，但只是學舌，不會告密，兩位美人不敢互訴衷腸，怕的自然不是鸚鵡，而是隔牆有耳。其實，憂讒畏譏之心，人皆有之，無論是前朝後宮、古往今來，何人能不懼之？更何況後宮之中，公道從來不在人心，而只在皇上一念之間，也不必刻意織造編派，有心人只消將聽來的話掐頭去尾、斷章取義，就足以讓人百口莫辯，在這種情況下，又怎能不處處小心謹慎？

甄母第一次得以入宮探視甄嬛，其實已是甄嬛入宮後兩年多的事了，在這兩年多裡，甄嬛有孕、流產，失寵復又受寵，享盡恩寵卻也受盡委屈，好不容易見到母親，滿肚子的話想說，絕對是人之常情。可甄母謹慎，在甄嬛感嘆難得有情郎時，以一句「含情欲說宮中事，鸚鵡前頭不敢言」阻止了她。

後宮爭鬥不斷，買通宮女、太監之事層出不窮，妃嬪們即使是在自己宮裡，也不見得能安心說話，因此各宮小主帶進宮來的陪嫁丫鬟便更顯重要，華妃身邊有頌芝，眉莊身旁有采月，而陵容便是沒有陪嫁丫鬟，不得不事事倚賴早被皇后買通的寶鵑，才會一步步陷入皇后佈局而不自知。

甄嬛帶進宮的，是自小服侍她的兩名丫鬟流朱和浣碧。流朱心直口快、忠心耿耿，為替失寵的甄嬛請太醫，慘死刀下，令人惋惜；浣碧心思縝密，原是個不可多得的好助手，只可惜，她是甄嬛同父異母的妹妹，總覺得自己本該與甄嬛平起平坐，卻只能委身為婢，即使甄嬛待她再好，仍舊人心不足。甄嬛的母親眼見浣碧打扮得過份嬌俏，指著玉嬈，一句「這才是妳的親妹妹」頗有弦外之音。甄遠道一直以為妻子並不知浣碧乃他私生，可甄母是當真不知、還是佯作不知呢？旁的不提，就說浣碧與甄嬛眉眼間的那幾分相似吧，丈夫帶了個丫頭回來，居然與自己的女兒長得十分相像，要多麼遲鈍的女子，才可能絲毫不起疑心？

甄母以一句「鸚鵡前頭不敢言」阻止了甄嬛所要說的話，她告訴甄嬛，那怕是尋常夫妻間，都要以謹慎二字保全恩愛，更何況是帝王之家。或許，這不僅僅是她身為人母用以教誨女兒之言，更是她身為人妻的持家之道，也許多年來，她便是如此對丈夫私生女兒一事睜只眼、閉只眼，只為保全夫妻和順吧。

後宮女子的噩夢

紅顏未老恩先斷

後宮詞　　白居易

淚盡羅巾夢不成，夜深前殿按歌聲。
紅顏未老恩先斷，斜倚薰籠[一]坐到明。

【注釋】

一、薰籠：一種覆蓋於香爐上的籠子，用以取暖、烘物、薰香。

【語譯】

淚已流盡、濕透了羅巾，卻無法入睡，夜這樣深了，前殿還傳來陣陣歡樂的歌聲。紅顏尚未老去，皇上的恩寵卻已斷絕，只能斜倚著薰籠，就這樣孤坐到天明。

【從詩詞看甄嬛】

關於白居易生平，請見【甄嬛為何會愛上皇上？】分明曲裡愁雲雨。

歷來描寫宮怨的詩詞很多，可最為朗朗上口的，還是要屬白居易的這首〈後宮詞〉，除了他的詩向來淺顯易懂、不做多餘雕飾外，女子失寵的怨懟，在這樣直接的言詞中，更見深刻。

哪個女子入宮時，心中不曾懷抱著期待？雖然每個人期待的事物不同，有些期待君恩、有些期待榮寵、有些期待富貴，就便如甄嬛一剛開始那般什麼都不求，終究也還是求一個「平安終老」。這樣深切的期盼落空，已經夠苦澀了，可是別人，卻順遂的得到了自己原本想要的東西，是自己當真不如她人嗎？如果不是，難道是蒼天捉弄、命運不好，才落得如此淒涼？

甄嬛初次小產，與皇帝兩人心有芥蒂互不碰面時，正獲榮寵的安陵蓉去探望她，那時甄嬛一時感慨地說出：「紅顏彈指老，未老恩先斷。」

如果是命運不好，那麼，要爭，還是要認命？甄嬛是曾經選擇過認命的，可是在後宮，失寵就等於失去一切，其他妃嬪刁難不提，就連宮中的太監宮女也看低失寵的嬪妃，要什麼沒什麼。皇上可以不要，可是生活還是要過下去啊，於是，還是得爭吧！

白居易詩中的這位女子，顯然已是全盤皆輸了，她還這樣年輕美貌，皇上卻已不再喜愛她，剩下的歲月裡，只有夜夜看著別的女子受盡恩寵、自己卻獨坐到天明的落寞。而戲中的甄嬛，最後終於登上太后之位，可是往後的日子裡，她也依然只剩寂寞，那對她來說，算贏嗎？

除卻巫山不是雲

離思五首 之四　　元稹

曾經滄海難為水，除卻巫山[一]不是雲。
取次[二]花叢懶迴顧，半緣[三]修道半緣君。

【注釋】

一、巫山：位於四川，為川鄂界山。
二、取次：初入、經過。
三、緣：因為。

【語譯】

曾經見過蒼海的浩瀚，就不會再為其他的流水景色心動，除了巫山的朦朧雲霧之外，其他地方的雲霧都不足一觀。就算走過奼紫嫣紅的花叢，也懶得回頭欣賞，這一半是因為潛心修道、一半是因為你啊！

【從詩詞看甄嬛】

元稹，字微之，早年與白居易一起提倡「新樂府運動」，世稱元白。

「樂府」本指管理音樂的官府，因此廣義的樂府詩泛指可以入樂吟唱的歌詩，如蘇軾的詞集名為《東坡樂府》，而狹義的樂府指的則是流傳在魏晉南北朝及兩漢時的民歌。至於元白所提倡的「新樂府」，則是唐人自立新題所作的詩，並不入樂，而是主張詩應該要能反映社會現實、民生疾苦，「惟歌民生病，願得天子知」[1]，而且應該順口易讀、淺白易懂。這樣的主張使得元白樂府在當代廣為流傳，卻也被後人批評為「元輕白俗」[2]，淺近格卑。

不過，後世有所爭論的，不只是新樂府的優劣而已，元稹本人的愛情生活，亦為人津津樂道。元稹所著的《會真記》是後世西廂記的母本，故事描寫一位姓張的書生與崔鶯鶯相戀，最後卻始亂終棄的故事，據後人考據，認為這個張生即是元稹本人；而元稹詩文中常見「雙文」二字，如〈雜憶五首〉中有「憶得雙文朧月下，小樓前後捉迷藏」、「憶得雙文衫子裡，鈿頭雲映褪紅酥」等句，還有一首詩名為

〈贈雙文〉，可見「雙文」應是人名，而且很可能就是《會真記》裡的崔鶯鶯。

張生沒有娶崔鶯鶯，元稹也沒有娶雙文，他娶了一名京官的女兒韋叢。此後不久，他被貶官，韋叢跟著他頗受苦楚，七年後因病過世，元稹寫了很多詩作來懷念亡妻，〈遣悲懷三首〉中有「誠知此恨人人有，貧賤夫妻百事哀」、「唯將終夜長開眼，報答平生未展眉」二句，描述自己深深心疼妻子的心情，唯有終夜不睡，才能報答妻子這一生吃苦受累、未曾展眉一笑的辛勞，名聞後世的〈離思五首〉，亦是憶韋叢之作，一句「取次花叢懶回顧」，寫明了元稹在妻子過世之後，對其他女人皆不屑一顧的心如止水。

不過韋叢去世不過兩年，元稹納妾，妾死後又再續弦，娶的是另一名官員的女兒裴淑，非但不是「懶回顧」，倒是時常「頻回顧」。亦有傳說元稹與兩位樂妓出身的女詩人薛濤及劉采春過從甚密，寫〈寄贈薛濤〉一詩云「別後相思隔煙水」、〈贈劉采春〉一詩則說「更有惱人腸斷處，選詞能唱望夫歌」，其中劉采春為有夫之婦，就算兩人之間只是普通交往、並無曖昧，元稹作詩為人家思念丈夫而惱火腸斷，仍太過逾矩……凡此種種，皆知元稹並不是一個專情之人。

近代學者陳寅恪對元稹的批判尤烈，認為他「巧婚」、「巧宦」，並非多情，實乃多詐[3]。至於《會真記》一名，更是盡顯他的涼薄，「會」是相遇、相會之意，「真」在古代則是代指美艷的仙妖、或放蕩的女道人一類，崔鶯鶯對張生如此深情，但張生卻只把他與崔鶯鶯的相遇當成是一段艷遇，輕挑狹謾。不過亦有人持相反意見，認為古代男子多妻多妾乃是常事，若以此批評元稹為人，那古代文人十有八九皆不可取了。

再說到艷遇一事，傳說中楚懷王曾於遊歷雲夢澤時，不小心打了個盹，夢到了一位美麗嬌豔的少女，少女不僅對楚懷王大表傾慕之意，還獻身於他。一夜繾綣之後，少女向楚懷王告別，說她住在巫山南面，早晨時是一團朦朧的雲霧，傍晚時又化為雨水。第二天楚懷王醒來，果然看見一團雲霧在巫山飄動[4]，於是雲雨便成了男女歡愛之代表，而這位少女在後世不斷的歌詠中，被稱作巫山女神，成為所有男子心中摯愛——尤其是求之而不可得的摯愛的代名詞。

在《後宮甄嬛傳》中，皇上對已故的純元皇后朝思暮想，將之當成自己的巫山女神，可就算曾經「夜來幽夢」，現實生活中他依舊需要開枝散葉、繁衍子嗣。思念亡妻，或許是癡，三宮六院，或許是皇帝的義務，可將一個女人當成另一個女人的替身，卻絕對是極度自私的行為。不過他是皇帝，想怎樣便能怎樣，所以即使他一句「除却巫山非雲也」傷了甄嬛的心、一句「莞莞類卿」更傷了甄嬛的自尊，他堅持能有幾分像純元是甄嬛的福氣，而甄嬛又能奈何？

甄嬛徹底死心，滿擬與君長訣，自請出宮修行，與果郡王相戀，只是良辰美景奈何天，最終還是回到了宮中。其實皇帝最終仍是對甄嬛動心了，他堅持將甄嬛從甘露寺迎回宮中時，將她的封號從莞字改成熹字，能得將純元比作巫山女神的皇上說一句「莞字不好」，皇上自己或許沒有覺察這代表何意，可坐在他身旁的皇后心中恐怕五味雜陳。

可皇帝覺悟得太晚了，甄嬛心中已有了允禮。只是造化弄人，莫過於此，允禮後來娶了甄嬛的庶妹浣碧，浣碧的眉目亦與甄嬛有幾分相似，而他日日夜夜看著浣碧的臉，心中所想的，不知是否亦是「除卻巫山非雲也」呢？

1. 唐白居易〈寄唐生〉詩：「非求宮律高，不務文字奇。惟歌生民病，願得天子知。」
2. 宋蘇軾〈寄柳子玉文〉：「郊寒島瘦，元輕白俗。」
3. 見陳寅恪《元白詩箋證稿》。
4. 見戰國時宋玉的《高唐賦》。

殘害皇嗣的皇后宜修

螽斯羽，詵詵兮。宜爾子孫振振兮

螽斯[一]

螽斯羽，詵詵[二]兮。宜爾[三]子孫振振[四]兮。
螽斯羽，薨薨[五]兮。宜爾子孫繩繩[六]兮。
螽斯羽，揖揖[七]兮。宜爾子孫蟄蟄[八]兮。

【注釋】

一、螽斯：昆蟲名。直翅目螽斯科的泛稱。
二、詵詵：詵，音同「伸」。眾多的樣子。
三、爾：汝、你。

四、振振：繁盛的樣子。
五、薨薨：薨，音同「烘」。狀聲詞。形容蟲鳴或振翅的聲音。
六、繩繩：連續不絕的樣子。
七、揖揖：眾多匯聚的樣子。
八、蟄蟄：蟄，音同「直」。眾多聚集的樣子。

【語譯】

螽斯張著翅膀，成群的飛翔啊。就像你的子孫繁茂，人丁興旺。
螽斯張著翅膀，成群嗡嗡響啊。就像你的子孫繁茂，連綿不絕。
螽斯張著翅膀，成群的聚集啊。就像你的子孫繁茂，家族興盛。

【從詩詞看甄嬛】

〈螽斯〉出自《詩經．國風．周南》。

皇后宜修貴為中宮之首，其狠毒的程度，恐怕後宮中亦沒有人可以與她相比。畢竟妻妾爭寵，或憑美貌、或憑心機，勉強還能說是各憑本事，可是對尚未出生、猶在母親腹中的胎兒下手，像是利用安陵蓉害富察貴人跟甄嬛小產，長期讓安陵蓉服用不孕的湯藥，為了想要站穩皇后的地位，特意謀害三阿哥的親生母親齊妃……何其狠毒！

後宮中女人的戰爭，慘烈程度並不亞於沙場征戰，亦是你死我亡、血流成河。華妃悍妒，謀害妃嬪，雖然亦是心狠手辣，可那畢竟是由愛生恨——因為深愛皇上，所以妒恨其他女人。雖然可惡，卻也令人同情；但皇后謀害皇嗣，並非源自於愛，而是源自「自己不能生育，所以不准其他女人生育」的扭曲心理，她若曾有一丁一點考慮到皇上的福祉，又怎麼會害得丈夫幾乎斷子絕孫？

皇上勤政，少近後宮，嬪妃不過寥寥數人，其中還不乏不能生育者。端妃不能生育，是因為華妃灌了她一壺紅花；華妃不能生育，是因為皇帝賜給她的歡宜香裡含有麝香；那敬妃又為何膝下無子？或許是因在王府時，敬妃是華妃的房裡人，自然也要日日聞著那摻了麝香的歡宜香，若是因此而導致體質難以受孕，亦未可知。每次有嬪妃懷孕，皇上都是關心不已的，就算是他最不在意的富察貴人，藉著懷孕的名義佯作不適，他依然前往關心，可見他並非不想要孩子，雖然皇帝性格陰沉，喜怒不形於色，可皇后與他相處那樣多年，又怎麼會看不出皇上每每失去一個孩子時，心底的失落和沉痛？

皇后是當真深愛著皇上嗎？如若是，那這樣病態的愛，還真令人心生恐懼，承受不起，如若不是，那她如此殘忍好殺，又是為了什麼？太后說「後嗣稀少，也是中宮失德」，不但把皇后訓了一頓，還讓她去螽斯門下罰站。皇帝的兒子不夠多，是皇后的錯，倒非是欲加之罪，《毛詩序》曰：「〈螽斯〉，后妃子孫眾多也。言若螽斯不妒忌，則子孫眾多也。」只不過，螽斯是一種昆蟲，當然是不會嫉妒了，可人有七情六欲，又怎麼能像昆蟲一樣，只以繁殖為目地的活著呢？

每逢佳節倍思親

九月九日憶山東[一]兄弟　王維

獨在異鄉為異客，每逢佳節[二]倍思親。
遙知兄弟登高處，遍插茱萸[三]少一人。

【注釋】

一、山東：王維家鄉在山西蒲州，蒲州位於華山之東，故這裡所指的山東是蒲州，而非山東省。
二、佳節：指重陽節。
三、茱萸：舊時風俗於農曆九月九日折茱萸配戴身上，用以避邪。

【語譯】

獨自一人身在異鄉作客，每當到了重陽節時，便加倍的思念親人。我在這樣遙遠的地方，猜測著兄弟們此時一定登上了高處，大家都插上了茱萸，獨獨缺少我一人啊。

【從詩詞看甄嬛】

王維，字摩詰，唐代詩人，晚年篤信佛法，半官半隱，寄情山水，歷來皆認為王維是田園派詩人。史書上說王維自幼聰慧過人，九歲就懂得寫詩作文章[1]，這首〈九月九日憶山東兄弟〉，便是他在十七歲時所作。古代文人若要為官，得通過科舉或有權貴引薦，而這些都得到京師裡才能進行，所以王維約莫在十六歲時就離開家鄉，進京尋求機會，初到異地，自然更加思念親人，無怪〈九月九日憶山東兄弟〉一詩情真意切，後世讚詠。

重陽節對古人來說，是一個很重要的節日，習俗多於此日與親友率眾登高、飲菊花酒、配戴茱萸以避邪。孟浩然〈過故人莊〉云「待到重陽日，還來就菊花」，另一詩〈秋登蘭山寄張五詩〉則道「何當載酒來，共醉重陽節」，可見古人對重陽的重視。而九與久同音，因此古人亦會在重陽祭祖，並認為在此日飲菊花酒、配戴茱萸可以求得長壽。

所以在《後宮甄環傳》裡，九九重陽這日，各宮案例都得向太后獻上禮品，以表敬意。甄嬛聰慧，切合時節的準備了菊花膏、菊花酒，瑾汐謹慎妥貼，又添上了個茱萸香囊，並覆蓋上象徵晚景的桑榆葉，送到了太后所住的壽康宮。太后的貼身宮女竹息前來回話，說太后十分高興，心裡也記掛著甄嬛，於是甄嬛便藉著王維的詩句，表達了自己對家人的思念。

都說甄嬛聰慧，而她的聰慧，便表示在這些小細節裡。雖說依照慣例，嬪妃有孕八月時，娘家人便可進宮陪伴，可甄嬛當時因誤穿了純元皇后舊衣，惹得皇上大怒，尚在禁足之中，又怎知自己還能否擁有此項權力？她藉王維之詩詢問家人進宮之事，其實是替自己、以及他人保留了轉圜空間，若皇上不許她的家人進宮，竹息大可用一句「佳節思親亦是難免」四兩撥千斤，打發過去便罷，這不過是一個被節日觸發的傷感，並非甄嬛恃寵而驕，受罰之身不思檢討，還敢提出諸多要求。

只可惜有所欲必有所蔽，甄嬛對「願得一心人」的渴望，終究還是蒙蔽了她的理智，她一再退而求其次，從「一心」退至「用心」、從「用心」退至「有心」，卻發現皇上的心早已隨純元皇后而逝，也難怪她對皇上灰心已極，生下公主之後，就堅持離宮修行，寧願長伴青燈古佛、也不要陪著一個無心之人了。

1.《新唐書・文藝列傳》：「王維字摩詰，九歲知屬辭，與弟縉齊名，資孝友。」

心事該向何人寄

知音少，弦斷有誰聽

小重山　岳飛

昨夜寒蛩[一]不住鳴。驚回千里夢，已三更。起來獨自遶階行。人悄悄[二]，簾外月朧明。

白首為功名。舊山松竹老，阻歸程。欲將心事付瑤琴。知音少，絃斷有誰聽[三]。

【注釋】

一、寒蛩：蟋蟀。

二、悄悄：憂愁貌。

三、春秋時伯牙與鍾子期因琴而為知交，後子期死，伯牙絕弦，以無知音者。今有成語「伯牙絕弦」，藉以比喻知音難覓。

【語譯】

昨夜蟋蟀不停的鳴叫聲，驚擾了我千里廝殺的夢。醒來時已是三更，我心中憂愁，獨自繞著石階行走，簾外的月色正朦朧。

為了追求功名，已滿鬢白髮，故鄉山上的松竹茁壯茂密，何人阻我歸程？知音難覓，就算把琴弦彈斷了，又有誰願意聽呢？

【從詩詞看甄嬛】

岳飛字鵬舉，為宋朝名將。宋朝重文輕武，積弱不振，向為北方外族侵略所苦，岳飛屢破金兵，驍勇善戰，惜因宰相秦檜力主議和，受誣而死。

岳飛精忠報國的故事，歷來傳唱不已，〈滿江紅〉一詞更為後世所傳唱，「壯志飢餐胡虜肉，笑談渴飲匈奴血」幾句，無人不知。不過有不少後世學家認為〈滿江紅〉一詞是後人偽作，他們舉出許多證據，其中之一便是〈滿江紅〉慷慨激昂，與岳飛〈小重山〉低迴含蓄的詞風相去甚遠。

在重文輕武的宋朝，岳飛感到知音難覓，恐怕是難免的，尤其他主張迎回在靖康之難中被金人擄去的宋徽宗與宋欽宗，萬一他真成功了，那當下坐在龍椅上的宋高宗怎麼辦？把才剛坐熱的椅子拱手讓還嗎？歷朝歷代文化不同，但皇帝深恐權柄不穩的心思，恐怕是相差不遠的，要不在《後宮甄嬛傳》裡，皇帝又怎麼會因為甄遠道不肯作詩罵錢名世這樣的小事，就將他革職流放寧古塔？

甄氏父女連心，同情無辜受累的錢名世，皇上已暗暗惱怒在心，皇后再巧思一筆，陷害甄嬛誤穿純元的舊衣，果然引爆了皇帝的怒意。

甄嬛知道自己不過是個代替品，心灰意冷，自請離宮，什麼都沒帶走，只帶走了長相思琴。可她為何只帶走長相思琴呢？她在受寵之時，皇帝的賞賜自然是不計其數，長相思琴，不過其中之一，可是還記得皇上替甄嬛過生日時，是怎麼說的嗎？他說光是賞賜些珠寶玩物，不能使甄嬛真正高興，因為珠寶首飾從來都並不為甄嬛所喜，若她曾為之展顏一笑，也只不過是她感受到皇上寵愛她的心意，在那些賞賜之中，唯有長相思琴，切合了甄環喜好詩書音律的性子，琴與情同音，她在乎的，只是「感情」二字而已。

在甘露寺裡，甄嬛無意中碰壞了長相思的琴弦，一句「知音少，弦斷有誰聽」，道盡了她重情的性格在宮中難以生存的委屈，琴弦斷、情亦斷，再多加相思也無必要，甄嬛終於放下了她對皇上的相思。

而後長相思琴在舒太妃手中修復，甄嬛與舒太妃之子、果郡王允禮相戀，自此相思綿長，只為允禮。或許只有這樣心性相仿、一心為對方著想的人，才當得起「知音」二字吧。

家書抵萬金

春望　　杜甫

國破山河在，城春草木深。感時花濺淚，恨別鳥驚心。
烽火連三月[一]，家書抵萬金。白頭搔[二]更短，渾[三]欲不勝簪。

【注釋】

一、連三月：一說指戰火連續三個月，一說指戰火延續到隔年三月。
二、搔：用手指輕抓之意。
三、渾：用以強調、「簡直」之意。

【語譯】

國家淪陷，只有山河依舊，春天來臨，荒草深深。感嘆時局，看到花也忍不住流淚，怨恨別離，聽到鳥鳴也不禁心中驚悸。戰火連綿，一直持續到了隔年三月仍不停止，家書珍貴，抵得上千萬兩黃金，愁白了頭髮，越搔越稀疏，簪子都快插不上了。

【從詩詞看甄嬛】

關於杜甫生平，請見【那些陪嫁的丫鬟們】但見新人笑，那聞舊人哭。

甄嬛困居甘露寺，其父母幼妹則流放寧古塔，甄嬛一直認為家人是受己連累，自是更加記掛。當時年羹堯居功自傲，皇帝如鯁在喉，想除掉年羹堯，自然得先蒐羅年羹堯的罪證，可是年將軍手握兵權，萬一搞得不好，事情未成便走漏風聲，焉知年羹堯不會擁兵造反？所以，皇帝必得找一些信任之人，暗中進行。

可皇上多疑，他從來不懂何謂「信任」，只懂得利用權術，使嬪妃朝臣相互制衡。他重用甄遠道，非但不是愛屋及烏，相反的，是皇帝心知甄嬛與華妃水火不容，甄遠道為了女兒，必定會盡心盡力拉年羹堯下馬。易言之，皇帝利用了甄遠道與甄嬛的父女親情。

寧古塔莫約在今黑龍江省，確實終年苦寒無比。果郡王為甄嬛帶來父親的書信，確實價抵萬金，遠勝其餘之物。若細思皇上與果郡王之差異，恐怕就在於此。皇上無法一心，還可託辭是為帝位所累，可果郡王永遠在乎甄嬛想要什麼，不似皇上只在乎自己賜了什麼，無怪乎甄嬛最終還是愛上了果郡王，再也無法回心轉意了。

同向春風各自愁

代贈二首之一　李商隱

樓上黃昏欲望休，玉梯[一]橫絕月中鉤[二]。
芭蕉不展丁香結[三]，同向春風各自愁。

【注釋】

一、玉梯：樓梯的美稱。
二、月中鉤：新月如鉤。一作「月如鉤」。
三、丁香結：丁香花簇生莖頂，往往含苞不放，故用以比喻愁思固結難解。

【語譯】

黃昏時分，想登樓遠望，但玉梯橫斷，無法登上，抬頭欲望，只見新月如鉤，黯然低頭神傷，又見芭蕉樹蕉心未展、丁香樹鬱結不開，就如同你我二人雖心意相通、苦苦相思，卻分隔異地，只能各自為了不能相見而愁苦悲傷。

【從詩詞看甄嬛】

李商隱，字義山，其生平請見【碎玉軒的對聯】此情可待成追憶。

歷代描述思念愁苦的詩詞，多有登高望遠、對月愁思之語，比如李後主〈相見歡〉一詞云「無言獨上西樓，月如鉤」，范仲淹〈蘇幕遮〉亦有「明月樓高休獨倚。酒入愁腸，化作相思淚」之句。因登上高處，即可望遠，所以古人經常藉著登高，遙望遠方，思念不可得見之故人，而月色普照人間，即便詩人與所思之人相隔二地，依舊同沐於月色之下，亦是古人思念遠方親友，寥以慰藉之語。李商隱這一首〈代贈〉，敘說愁思之苦，自然亦使用了登高望月的典故。

允禮究竟是何時對甄嬛動了心呢？這恐怕是「情不知所起」，無法確知的了，可是，真正的情深一片，並非是不擇手段、必欲得之而後快，而是站在對方的角度，為對方著想。甄嬛在後宮之時，允禮雖也幹出不少遊走於犯忌邊緣的事，但終究十分克制，不僅是他不想給甄嬛帶來麻煩，更是他不欲使心愛女子為難的一片真心。直至甄嬛被廢去位份，逐出宮中，他才真正坦言無諱地表達了心意。

能在多疑的皇帝手下，安然無事度過如此多年，允禮察言觀色的本事，自是不會差的，甄嬛對他並非無心，他自然十分明白。可是，允禮不僅懂得愛情，還懂得尊重，他尊重甄嬛的意願，他要的不僅是甄嬛這個人，更是甄嬛的心甘情願。

「芭蕉不展丁香結，同向春風各自愁」，允禮以此詩句對甄嬛明志，既然彼此兩情相悅，又為何不能在一起，而要顧此失彼、白白愁思呢？更何況於兩人而言，難得的恐怕不僅僅是兩情相悅，更是能夠在一起的機會，也無怪乎甄嬛縱有再多考量，最終還是被瑾汐一句「火燒眉毛，且顧眼下」打動，在那大雨之夜，投入了允禮的懷抱了。

碧玉小家女，不敢攀貴德

碧玉歌

碧玉小家女，不敢攀貴德。感郎千金意，慚無傾城色。
碧玉小家女，不敢攀貴德。感郎意氣意，遂得結金蘭。

【語譯】

碧玉只是小戶人家的女子，不敢高攀您這樣出身高貴名門的王孫公子。雖然很為您重若千金的情意感動，卻慚愧自己並無傾國傾城的美貌。

碧玉只是小戶人家的女子，不敢高攀您這樣出身高貴名門的王孫公子。但您的情意深深打動了我，我們終於還是在一起了。

【從詩詞看甄嬛】

根據郭茂倩《樂府詩集》引用《樂苑》題解，碧玉乃是汝南王之妾，汝南王十分喜愛她，因而為其作〈碧玉歌〉。不過南朝宋國並無汝南王，《玉臺新詠》則認為〈碧玉歌〉乃東晉孫綽所作。

孫綽字興公，是東晉時著名文人，與謝安、王羲之等人同為當時文壇領袖。孫綽文名頗盛，許多文人雅士都指名要他寫墓誌銘[1]，可見他在當代的地位。

不過東晉時玄學盛行，文人的創作多不脫佛老清談，孫綽身為當時文壇領袖，自亦如此。玄言詩嚴重脫離社會現實，向為後世所批評，自謝靈運創山水詩派、取而代之後，玄言詩幾成絕響。孫綽雖為玄言詩大家，但讓他較為後人所知的，其實是這兩首平實中見深刻的〈碧玉歌〉。

這位汝南王愛妾的生平瑣事，現今是無法考據了，〈碧玉歌〉作者到底是誰，也不得而知，不過用以形容普通人家女兒的成語「小家碧玉」，便是據此詩歌而來。果郡王向甄嬛表白時，她既身為廢妃、父親又被貶為庶人、流放北地，地位恐怕比普通人家的女兒還不如，面對允禮這樣風流英俊的王爺之尊，以「碧玉小家女，不敢攀貴德」自謙，倒也合時合宜，諷刺的是浣碧如此身份，倒也敢私心傾慕王爺，甄嬛愛護妹妹，總說她是「心氣高」，實則是好高騖遠，毫無自知之明。

古人云「齊大非偶」，與其說是尊卑之別、門戶之見，倒不如說是一種深刻的先民智慧。在不同環境中成長的人，所見所學皆天差地別，觀念不同、眼界不同、興趣不同，若結為夫妻，婚姻如何能諧？就如果郡王愛好詩書，可浣碧恐怕大字不識幾個，又如何能與果郡王談天論地，成為知音呢？

不過意在言外的是，孫綽的〈碧玉歌〉共有兩首。第一首描述了少女受寵若驚、暗自情動卻又不敢高攀的矛盾心情，但在第二首中，孫綽寫道「碧玉小家女，不敢攀貴德。感郎千金意，遂得結金蘭」，這位少女已經為情神魂顛倒，就像甄嬛再怎麼克制自持，仍被允禮的深情感動，拋下了一切恐懼不安。

1. 《晉書．列傳》：「綽少以文才垂稱，于時文士，綽為其冠。溫、王、郗、庾諸公之薨，必須綽為碑文，然後刊石焉。」

獨一無二的果郡王允禮

郎豔獨絕，世無其二

白石郎曲　二首

白石郎，臨江居。前導江伯[一]後從魚。
積石如玉，列松如翠。郎豔獨絕，世無其二。

【注釋】

一、江伯：民間信仰中的神祉

【語譯】

白石郎神，臨江而居，當他出現時，江伯在前頭為他引路，魚群在後頭追隨著他。
水邊堆積的白石像美玉一般潔白無暇，岸邊挺拔成列的松樹像翡翠那樣晶瑩碧綠，白石郎那樣是那樣出眾迷人，世間再也找不到比你更好的了。

【從詩詞看甄嬛】

南朝樂府詩，請見【誤闖深宮大海的安陵容】江南可採蓮。

若略去甄嬛的美貌、以及才學不提，剛出場時的她，也就是個養在閨中、卻期盼著浪漫愛情的富家小姐。古時候的女子，是沒有什麼機會和外界接觸的，書本便是唯一的媒介。書上大量描述了外頭的風光景色、別人的經歷遭遇、當然，還有浪漫的愛情、唯美的堅貞。一個人若是什麼都不懂，自然就沒有欲求，一旦知道世上有那麼多美好的事物，卻難免心嚮往之。懂得多了，心眼就大，所以，在那些民間故事裡，會和男子私奔的大家閨秀，大多都飽讀詩書，就是這個道理。

而甄嬛，當然是這群「飽讀詩書的大家閨秀們」的一員。雖然，她是那樣深愛著皇上，但當她發現世界上有個男人，比皇上風采俊逸、比皇上有才學、比皇上專情、比皇上更像她夢寐以求的伴侶時，就不由自主的心動了。

當然甄嬛有她自己的是非標準、禮教自持。慕色之心，人皆有之，但若是人人都心動馬上行動，世界豈不早滿街強盜？在七夕桐花台那一晚，甄嬛對這位風流倜儻的果郡王留下了極深的印象，在湖心泛舟的那一夜，兩人暢談詩書歷史，更加深了彼此的好感。還記得皇上問甄嬛何時對他心動時，甄嬛答以「解余氏圍困之時」嗎？皇上在她眼中是「救人於圍困的君子」，只是余氏的刁鑽不及華妃的十中之一，余氏在御花園中的刁難和華妃命懷著身孕的她在烈日下罰跪相比，更是小巫見大巫。如此一比，真正「救人於圍困的君子」，恐怕是果郡王才得以擔任了。

白石郎是古時民間信仰中的神祇，類似於河神、水神，所以才能「前導江伯後從魚」。女子以白石郎比喻心上人，和男人誇讚女人是自己心中的仙女、女神，是一樣的意思。而果郡王文采出眾，不輸甄嬛，立刻對甄嬛說「妳是我的天地人間」，表示她在自己心裡不只是仙女，更是全世界、全宇宙。他倆是琴逢笛手、更是情逢敵手，情話綿綿起來，當真字字纏綿、句句悱惻，確實「世無其二」了。

琴瑟在御，莫不靜好

女曰雞鳴

女曰：「雞鳴」。士[一]曰：「昧旦[二]」。「子興[三]視夜，明星[四]有爛」。「將翱將翔，弋[五]鳧與鴈[六]」。

「弋言加[七]之，與子宜[八]之。宜言飲酒，與子偕老。琴瑟在御[九]，莫不靜好」。

「知子之來之[十]，雜佩[十一]以贈之。知子之順之，雜佩以問[十二]之。知子之好之，雜佩以報之」。

【注釋】

一、士：未婚夫，後泛指情人。

二、昧旦：天未大明。

三、興：起。
四、明星：啟明星，也就是金星。金星於早晨出現在東方時，稱為「啟明星」，在晚上出現在西方時，稱為「長庚星」。
五、弋：繳射，指箭繫上繩索而射。
六、鳧與鴈：鳧，音同「福」；鴈，音同「彥」。皆是鳥名。
七、加：中，指射中。
八、宜：肴也，指烹飪。
九、御：用，指彈奏。
十、知子之來之：第一個之是介係詞，「的」的意思，第二個之是代名詞，代替丈夫。其他兩句亦同。
十一、雜佩：用許多不同種類的玉作成的玉環。
十二、問：贈送。

【語譯】

女子：「雞鳴了，天亮了」。
男子：「天還沒大亮，時間還早呢。」

女子：「你起來看看，啟明星這樣燦爛了。」

男子：「哎呀，野鴨和雁鳥都快出現了，我得趕快去射獵才行。」

女子：「等到你打到了獵物，我就將他們烹調成美味的食物，和你一塊配著野味喝酒，過著這樣的生活，一起到老。我們之間，就像是彈奏琴瑟的聲音那般和諧，和美安靜，十分美滿。」

男子：「我知道妳對我十分用心，所以將這美麗的玉珮送給妳。我知道妳性格和婉，什麼都順從我，所以將這美麗的玉珮贈與妳。我知道妳有多愛我，所以用這美麗的玉珮報答妳。」

【從詩詞看甄嬛】

〈女曰雞鳴〉，出自《詩經．國風．鄭風》。

〈女曰雞鳴〉是一首非常情意纏綿的詩，通過一對夫妻的早晨對話，描寫了古人對於美好婚姻的嚮往。詩中的女子喚著偷懶貪睡的丈夫起床，丈夫即便趕著出門去涉獵，也要先和妻子情話綿綿幾句，等到打獵回來，夫妻倆再一起吃著野味、喝著酒，談天說地。而這樣和諧美滿、安適閒逸的生活，不就是甄嬛與果郡王期盼的嗎？

而夫妻之間的感情，想要和諧美滿，最重要的條件之一，便是彼此「信任」。古代的婚姻，是要經過父母之命，媒妁之言的，否則，便一律稱為「私奔」或「淫奔」。父母之命，指的當然是經過父母同意，至於媒妁之言，便是央託媒人代為求親了。古時男女結親，求親的一方央派媒人、帶著庚帖前去求親，媒人與庚帖，便是婚約的證明，否則空口無憑，萬一有一方毀婚，鬧上官府去，是沒有證據的。

所以，當允禮拿出合婚庚帖來時，甄嬛臉上的感動，是完全掩蓋不住的。那張喜氣洋洋的庚帖上寫著：「琴瑟在御，歲月靜好，終生所約，永結為好」，這是果郡王要與甄嬛的終生約定，約好要一起過著像〈女曰雞鳴〉裡描述那種「琴瑟在御，莫不靜好」的生活，也難怪甄嬛握著庚帖的手、就像是握著一個美好到不像真實的夢，忍不住輕輕顫抖了。

鴛鴦織就又遲疑

九張機　無名氏

一張機。采桑陌上試春衣。風晴日暖慵無力。桃花枝上，啼鶯言語，不肯放人歸。

兩張機。行人立馬意遲遲。深心未忍輕分付[一]。回頭一笑，花間歸去，只恐被花知。

三張機。吳蠶已老燕雛飛。東風宴罷長洲苑[二]。輕綃催趁，館娃宮女，要換舞時衣。

四張機。咿啞聲裡暗顰眉。回梭織朵垂蓮[三]子。盤花易綰，愁心難整，脈脈亂如絲。

五張機。橫紋織就沈郎[四]詩。中心一句無人會。不言愁恨，不言憔悴。只恁寄相思。

六張機。行行都是耍花兒。花間更有雙蝴蝶，停梭一晌，閒窗影裡。獨自看多時。

七張機。鴛鴦織就又遲疑。只恐被人輕裁剪，分飛兩處，一場離恨，何計再相隨。

八張機。回紋[五]知是阿誰詩。織成一片淒涼意。行行讀遍，厭厭無語，不忍更尋思。

九張機。雙花雙葉又雙枝[六]。薄情自古多離別。從頭到底，將心縈繫。穿過一條絲。

【注釋】

一、分付：囑咐之意。

二、長州苑：古時君王遊宴饗樂之處。

三、垂蓮：取其諧音，垂憐之意。

四、沈郎：此處代指情郎。

五、回紋：回紋詩，又稱迴文詩。一種格式固定，字句迴環往復的運用，無不成義，且可供吟詠的詩文。如晉竇滔妻蘇氏所作〈璇璣圖〉尤為著名。

六、雙花雙葉又雙枝：此處指並蒂連枝的並蒂花。

【語譯】

一張機。我在採桑的阡陌小路上欣賞著春景。春日暖和、春風徐徐，使我陶醉於春色之中、慵懶無力。黃鶯在桃花的枝頭上啼叫著，她們迷住了我，不肯讓我離去。

兩張機。你勒住了馬韁，捨不得離去。我對你的情意那樣深，心中有那麼多的囑咐。我不停地回頭看著你，輕輕地對你笑著，這樣的情意，恐怕連花都感受到了。

三張機。時間匆匆過去，春蠶已老、燕子的幼鳥已經學會飛行了。王宮中的貴族女子們需要新的舞衣，我只得催促自己，努力勞動、織就輕綃。

四張機。我在織布機的咿啞聲中，暗暗的蹙著眉頭。一邊織著布，一邊思念著你，要織成美麗的花朵不難，要理清心中的愁緒卻做不到，只得任思念在我心裡亂糟糟的，像沒整理過的絲線。

五張機。我默默的把相思的詩句與心情織在絲布裡，卻又怕你看不出我的情意。我想對你傾訴的，不是離別的仇恨、也不是我的憔悴，只是想藉此寄託我對你千絲萬縷的思念。

六張機。布上織著許多的花朵。花中有兩隻蝴蝶，翩翩飛舞嬉戲，我忍不住停下手上的工作，看著窗外，若有所思的呆望。

七張機。我看著已經織好的鴛鴦圖案，又忍不住遲疑了。就怕這塊布被人輕易裁剪，致使鴛鴦分飛兩處，有情人兒分隔兩地的離恨是多麼痛苦，要怎樣才能再度陪伴在彼此身邊呢？

八張機。那纏綿悱惻的回文詩是誰寫的呢？詩中表達的心情，是多麼淒苦悲涼啊。我一行一行的讀遍之後，悲傷無語，不忍再細思下去。

九張機。並蒂的花，枝葉成雙成對，是多麼美麗。自古薄情的男兒總是經常拋下癡情女子而去。可癡情的女子卻自始至終未曾改變過，就像用一條絲線穿入了並蒂的花，將花心緊緊串在一起。

【從詩詞看甄嬛】

在《全宋詞》中，〈九張機〉這一詞調，僅收錄兩首作品，作者皆無法考據。第一首〈九張機〉因為金庸而大大有名，其中的「四張機，鴛鴦織就欲雙飛，可憐未老頭先白」，便是周伯通與瑛姑的定情之詞。而第二首〈九張機〉，也未被埋沒，在《後宮甄嬛傳》裡，它成了甄嬛與果郡王允禮的情書。

絲音同「思」，歷來在詩詞中，都被用來代指「相思」，比如李商隱的名句「春蠶到死絲方盡，蠟炬成灰淚始乾」就有人將之解釋成思念之情、至死方竭之意。「機」是織布的器具，「一張機」便是織成了一張布的意思，每一塊布都是由千絲萬縷織就而成，這樣一直織了九張布，其中究竟飽含了多少絲線、多少思念，恐怕是算也算不清楚了。

甄嬛與允禮經歷千辛萬苦後終於在一起，皇上卻生病了，果郡王便被召入了宮中侍疾，於是果郡王那忠心的隨從阿晉，便擔任了信差的腳色，為兩個有情男女，傳遞情思。其時兩人戀情正熾，心中又懷著一種前途茫茫、非得及時行樂的急切，即使是「小別」，亦是思念疾苦，也難怪要這樣情意纏綿的反覆申訴思念，巴巴的傳遞情書了。

但願人長久，千里共嬋娟

水調歌頭 丙辰中秋，歡飲達旦，大醉，作此篇，兼懷子由[一]　蘇軾

明月幾時有？把酒問青天。不知天上宮闕，今夕[二]是何年？我欲乘風歸去，惟恐瓊樓玉宇，高處不勝寒。起舞弄清影，何似[三]在人間？轉[四]朱閣，低綺戶，照無眠。不應有恨，何事[五]長向別時圓？人有悲歡離合，月有陰晴圓缺，此事古難全。但願人長久，千里共嬋娟。

【注釋】

一、子由：蘇轍，字子由，蘇軾之弟。

二、今夕：今晚。今夕何夕係指今晚不同於尋常之夜。

三、何似：哪裡像。

四、轉：此指月光隨著時間流轉。

五、何事：為什麼之意。

六、嬋娟：原形容色態美好，後用以形容月光動人。亦可作為月亮的代稱。

【語譯】

這樣明亮的月亮，什麼時候才會出現？我舉起酒杯，向上天詢問，不知道天上的宮殿裡，今晚又是何種景象？我想乘風飛往天上，又怕月宮高處的瓊樓玉宇太過寒冷，令我不堪承受。只好在月光下和我自己的影子跳起舞來，這樣的快樂，哪裡像是在人間呢？

月光照映著紅色的樓閣，漸漸西下，斜照入房內，籠罩著無法入眠的我。不應該再有憾恨了，可月亮為什麼總在人們離別孤獨時，顯得這樣團圓美滿呢？人間有悲歡離合，月亮有陰晴圓缺，是自古以來就無法兩全其美的，只希望我們能夠身體康泰，活得長久，這樣即便是相隔千里，也能夠共賞天上的月亮了。

【從詩詞看甄嬛】

有關蘇軾生平，請見【芳魂長在的純元皇后】十年生死兩茫茫。

蘇軾這一首〈水調歌頭〉無人不曉，恐怕連幼稚園小兒都能吟上兩句，更被盛讚為「中秋詞自東坡水調歌頭一出，餘詞盡廢。」」[1]。此詞寫於蘇軾因反對王安石變法，而在密州為官之時，這時他正為仕途失意、抱負不得施展所苦，歷來皆將「我欲乘風歸去」三句解釋為蘇軾極想回到京中伴君，卻又怕京中皆是擁護新法的人，「高處不勝寒」。其時，他的弟弟蘇轍也和他一樣因為反對新法而在齊州任官，密州和齊州相距不遠，可在如此中秋佳節，兩人卻無法團圓，不免使得詩人喟然長嘆了。不過蘇軾詞之所以為人稱道，就在於他的曠達豪邁，雖感嘆自己無法與蘇轍團聚，卻只說「此事古難全」，既不反覆埋怨、更說「不應有恨」，即使身處逆境之中，仍然達觀處之。

只不過在《後宮甄嬛傳》裡的雍正，實在完全和豪邁曠達扯不上邊，反倒是極度猜忌多疑。皇上對異母兄弟毫無手足之情，倒也還不算什麼，可是太后親生的兒子有兩個，除了排行第四的皇帝之外，尚有排行第十四的允禵，皇上對這個同父同母的手足，又何曾有半點兄弟之情？

其實，若站在皇上的立場去想，雍正是籠罩在童年陰影下長大的。康熙一共有二十幾個兒子，雍正出生時生母烏雅氏位份不高[2]，無權親自撫養兒子，所以雍正只能由當時的康熙皇后、也就是隆科多的姊姊撫養，這位養母待他如何，戲中並沒有言說，可烏雅氏後來又生了十四阿哥允禵，卻得以親自撫養，同為一母所生，待遇卻大不相同。民間曾傳說雍正竄改康熙遺囑，在「傳位十四子」上加了一橫，改為「傳位于四子」，雖非史實，卻能從此傳說中窺知他與允禵之間的競爭。

《後宮甄嬛傳》據雍正不被父親所喜、也不由生母撫養的史實，添加了太后烏雅氏與隆科多有私情一段。在戲中，皇帝總是怨嘆著自己不受父親康熙重視，也不由親生母親撫養，即便太后臨死之前苦苦哀求皇帝讓她見老十四允禵一面，皇上卻始終不允，想必皇上的心裡，總以為太后偏心幼子，雖為他出謀策劃、爭奪皇位，其實更是在為自己鋪平太后之路。太后含恨而死，觀者無不為皇帝的狠心憤然，可當他跪在太后床榻，將自小從未聽見生母為他唱兒歌的憾恨娓娓道來，又怎不令人同情？

圓月表團圓，中秋節時，天上月圓，人間團圓，自古就是該與家人歡聚的日子，宮中自然就有「家宴」的習慣。而既然此詞一出，其餘中秋詞盡廢，在宮裡的中秋家宴上，皇上詠出這首詞也就不意外了。只是對皇上而言，這些「家人」都不過是與他爭奪父愛、搶奪君權的「敵人」，所謂「但願人長久，千里共嬋娟」不過是場面話罷了。

1. 見胡仔《苕溪漁隱叢話》。
2. 據《清史稿》紀載，雍正生於康熙十七年，烏雅氏在康熙十八年晉為德嬪，二十年晉為德妃，二十七年生下十四子允禵。

至親至疏夫妻

八至　　李冶

至近至遠東西，至深至淺清溪，至高至明日月，至親至疏夫妻。

【語譯】

東與西相隔甚遠，但極東之處，連接極西之地，所以東西又可說是至為鄰近的了；溪水雖淺，但因其清澈，可反映天光、倒映星月，反倒可以看見最遠之景象；懸掛於最高之處、明亮至極的，自然是太陽與月亮；而夫妻之間，若互相信賴依靠，自然親厚密切，反之若貌合神離，就是世間最疏離的人了。

【從詩詞看甄嬛】

李冶，字季蘭，與薛濤、魚玄機並列唐代三大女詩人。

李冶是一名女道人。唐代道教非常盛行，上至公主嬪妃、下至宮女娼妓，出居道家者不計其數，李冶便是其一。據說李冶五、六歲時，曾作〈詠薔薇〉一詩，詩云「經時未架卻，心緒亂縱橫」，「架卻」音同「嫁卻」，李冶的父親十分吃驚，認為女兒小小年紀就知道待嫁女子之煩亂思緒，將來必定德行有虧，「必為失行婦也」，竟將她送入道觀修行。不過李父之擔憂倒也不算無理，李冶後來雖出居道家，卻與許多文人雅士來往唱和，陸羽、劉長卿、朱放等人皆與她交好。

而根據《唐才子傳》記載，劉長卿患有陰重之疾，即今日所言之疝氣，李冶藉陶淵明之詩拿劉長卿的毛病開玩笑，說他「山氣日夕佳」（山氣與疝氣諧音），而劉長卿也以陶淵明詩句「眾鳥欣有託」妙答，李治身為女子，卻對於男女社交如此坦然，連黃色玩笑亦敢言說，在中國古代，實屬罕見。

不過《唐才子傳》畢竟不是正史，其中是否穿鑿附會，亦未可知，但李冶不同於古代女子的思想，卻在〈八至〉這首六言詩中，表現無遺。白居易曾云「人言夫妻親，義合如一身，及至死生際，何曾苦樂均」[1]，言說婦人需得從一而終、男人卻能三妻四妾之不公，而李治卻用一句「至親至疏夫妻」，將這樣的無奈深刻表達出來，女人只有一個丈夫，所以丈夫之於妻子，自然是至親之人，可男人能有無數妻妾，妻子一旦失寵，對於丈夫而言，可不是連疏遠萬分的陌生人都不如嗎？

甄嬛與果郡王私通，給皇上戴了老大一頂綠帽子不說，連那一對讓她由熹妃晉位為熹貴妃的龍鳳胎，亦非皇帝血脈，而是她與果郡王的私生子。皇后懷疑她的清白，甄嬛卻以退為進，不僅贏得皇上的信任，更使皇上對皇后頗感不滿。她對皇上吟出這首〈八至〉，溫言軟語的說自己與皇上是至親夫妻，暗帶譏諷的指皇上與皇后之間嫌隙日生，可真正意在言外的，恐怕是甄嬛與皇上早已貌合神離，非但不是至親，更早已是疏離無比了。

1. 見白居易〈婦人苦〉一詩。

心有靈犀一點通

無題二首之一　李商隱

昨夜星辰昨夜風，畫樓[一]西畔桂堂[二]東。身無綵鳳雙飛翼，心有靈犀[三]一點通。
隔座送鉤[四]春酒暖，分曹[五]射覆[六]蠟燈紅。嗟余聽鼓[七]應官[八]去，走馬蘭臺[九]類轉蓬[十]。

【注釋】

一、畫樓：雕飾華麗的樓房。
二、桂堂：桂木所造的廳堂，泛指華美的堂屋。
三、靈犀：古時傳說犀牛是一種神獸，犀角上有如線般的白紋，可相通兩端、感應靈異。
四、送鉤：同藏鉤。古時一種遊戲，分成兩組較勝負，把鉤互相傳送後，藏於一人之手，令對方猜。

五、分曹：分組。

六、射覆：猜物遊戲。把物件覆蓋在器皿之下，令人猜。

七、鼓：指更鼓。

八、應官：上班之意。

九、蘭臺：唐代祕書省的別稱。

十、蓬：植物名。菊科飛蓬屬，多年生草木，葉形似柳而小，有剛毛。秋枯根拔，風捲而飛，故又稱「飛蓬」。

【語譯】

昨夜星光閃爍，涼風徐徐，宴會設在畫樓西畔、桂堂之東。身上雖無彩鳳的翅膀，可以隨時飛至對方身邊，但內心卻如靈犀一樣，時刻心靈相通。玩著藏鉤、射覆的遊戲，在紅燭的光輝下，隔坐對飲春酒。可惜更鼓一響，上朝的時刻已到，只得向隨風飄遠的飛蓬草般，策馬趕往蘭臺了。

【從詩詞看甄嬛】

李商隱，字義山，其生平請見【碎玉軒的對聯】此情可待成追憶。

李商隱名為無題的詩作多達十餘首，其意朦朧隱晦、猶好用典，歷來爭論不斷，有人認為這些無題詩只是單純的愛情詩，亦有人認為李商隱仕途失意，又身陷牛李黨爭，無題詩之所以隱晦難明，只因其內容皆為詩人抒發其政治感想，未免招人議論、甚至借題發揮，只得模糊其事。但無論如何，無題詩優美華麗，寄興遙深，宋初時還有文人爭相仿效李商隱無題詩的風格，世稱西崑體，也難怪元好問要說「詩家總愛西崑好，獨恨無人作鄭箋」了。

若是要把無題詩當成政治詩來看，恐怕真要具備十足的聯想力，才能知道李詩中究竟隱藏著什麼祕辛，但若將其當成愛情詩來看，就簡單得多了。在這首無題詩中，「身無彩鳳雙飛翼，心有靈犀一點通」傳唱千年，戀人之間兩心相悅，自然是時時刻刻想著對方，就算背後沒有長著翅膀，可以即刻飛到對方身邊，但只要心意相通，也就如同當面互訴情衷了。

其實，這個「心意相通」若解釋為心電感應，奇則奇矣，卻缺乏了一點溫暖，倒不如說是真心喜歡、珍惜一個人時，就能站在對方的角度，揣摩對方的喜好思想，事事為對方考慮。就如同《後宮甄嬛傳》裡，果郡王事事為甄嬛著想，知道她牽掛流放寧古塔的家人，就為她帶來家書，知道她放不下兒女，就調換了毒酒一般，若非是這樣的深情，甄嬛也不會被感動，不顧一切與之相戀。

甄嬛懷著果郡王的孩子回宮，生下一對龍鳳胎，她將女兒的封號定為靈犀，正是她與果郡王心有靈犀、相知相戀的結晶。皇上以為甄嬛是指她與自己心有靈犀，真是大錯特錯矣。所謂心意相通，從來都不是單方面的事，甄嬛或許曾用盡心思揣度他的喜怒哀樂，但他何曾對甄嬛如此用心？就算甄嬛是他身邊最重要的女人，但他的情意和付出不過是鳳毛麟角，就如同朦朧的月色般，忽明忽暗、時隱時現罷了。

命運奈何分別，只能各自珍重

掌上珊瑚憐不得

古意 六首　　吳偉業

爭傳婺女[一]嫁天孫[二]，才過銀河拭淚痕。但得大家[三]千萬歲，此生那得恨長門[四]。

荳蔻[五]梢頭二月紅，十三初入萬年宮。可憐同望西陵[六]哭，不在分香賣履[七]中。

從獵陳倉怯馬蹄，玉鞍扶上卻東西。一經輦道[八]生秋草，說著長楊[九]路總迷。

玉顏憔悴幾經秋，薄命無言只淚流。手把定情金合子，九原[十]相見尚低頭。

銀海[十一]居然妒女津[十二]，南山仍錮慎夫人[十三]。君王自有他生約，此去惟應禮玉真[十四]。

珍珠十斛買琵琶，金谷堂深護絳紗。掌上珊瑚憐不得，卻教移作上陽[十五]花。

【注釋】

一、婺女：婺，音「勿」，星座名，即女宿星。主嫁娶。

二、天孫：指織女星。

三、大家：此指皇帝。

四、長門：指長門宮。漢武帝時，陳皇后失寵時所住的宮殿。

五、荳蔻：指年輕的少女。

六、西陵：泛指皇帝陵寢。

七、分香賣屨：據傳曹操臨死前將餘香分給諸夫人，並吩咐眾妾學作組履去賣，而使妻妾有所寄託。

八、輦道：供皇帝車駕行駛的道路。

九、長楊：漢代行宮的名稱。

十、九原：即九泉。

十一、銀海：古時帝王陵墓中注滿水銀，用以象徵百川江河。

十二、妒女津：即妒婦津。相傳劉伯玉的妻子段氏性妒忌，劉伯玉常在妻子面前吟誦〈洛神賦〉，謂段氏「娶婦得如此，吾無憾矣。」段氏怨劉伯玉以水神美而欲輕她，當夜投水而死。七日後，段氏託夢給劉伯玉，道：「君本願神，吾今得為神也。」劉伯玉遂終身不復渡水。

十三、慎夫人：漢文帝的寵妾，美貌端敬。

十四、玉真：唐時有玉真公主，自請廢去公主名號，出家修行。

十五、上陽：指上陽宮，唐玄宗時被謫的宮人多居於此，猶如冷宮。

【語譯】

父親將我嫁入皇宮，就像女宿星將織女嫁了出去，可是才剛剛渡過銀河，我就忍不住流起淚來。我哪敢怨恨皇上將我幽居冷宮呢，只希望帝王身體康健、長命百歲罷了。

早春的樹梢上，荳蔻已經盛放了，就像我年紀輕輕，十三歲就嫁入了皇宮，可是早已被帝王厭棄。帝王駕崩時，我只能遠遠望著他的陵寢哭泣，不能為他送終。

想當年君主帶著我四處遊獵，我卻不善騎術，害怕騎馬。可是如今帝王駕崩，通往長陽行宮的道路已長滿了草，想起往事，不禁心中迷惘難明。

我失寵多年，容顏憔悴，哀嘆著自己的命運、與帝王的早逝，不禁淚流滿面。若是有一日在九泉之下遇見了帝王，也只敢低垂下頭，不敢望向他吧。

能夠殉葬在帝王的陵寢中陪伴他的，居然是悍妒的女子。而像慎夫人一樣美麗端敬的我，卻仍然被幽禁在冷宮。帝王和別的女子有著山盟海誓，我也只能潛心修行了。

帝王用十斛珍珠換得了琵琶，珍惜重視著紅色的絳紗。而珊瑚這樣高貴美麗的玉石，卻不被欣賞，只能和我一樣，被打入了冷宮。

吳偉業，字駿公，號梅村，是明末清初的著名文人。

吳梅村一生最為後人攻詰的，便是他的氣節問題。他本是明臣，頗受崇禎皇帝重用，卻在明朝國勢危急之時，辭官而去。及至清朝建立，朝廷採取「以漢制漢」的策略，以攏絡知名漢人的方式，收買人心，吳梅村名聲既響、又是明朝遺臣，自是朝廷的延攬對象。梅村無力抵抗朝廷的壓力，入京赴仕，但清朝旨在收買人心，當然不得重用，不出幾年他便又辭官返鄉，可就是這短短幾年的仕清經歷，讓他一生背上了「貳臣」的汙名，在自責悔恨中度過了餘生。

不過梅村的詩作頗豐，其最大的特色之一，就是他做了大量的詠嘆人物的詩，比如作〈圓圓曲〉描寫吳三桂和陳圓圓的事蹟、作〈蕭史青門曲〉詠寧德公主，而〈古意〉六首，也經常被人認為是在描繪順治廢后、專寵董鄂妃一事。

在《後宮甄嬛傳》中，甄嬛冊為熹妃回宮，旋即生下雙生子，又晉為熹貴妃，如此榮寵之下，自然奉承者眾。恭賀她晉升貴妃的賀禮，堆滿了永壽宮，可是甄嬛幾度失寵，早看清了世態炎涼，再珍稀的東西，她都不放在眼裡，唯獨挑出果郡王送的珊瑚手釧，套入了手腕。「掌上珊瑚憐不得，卻叫移作上陽花」，想必對甄嬛而言，沒有果郡王的皇宮，即使再富麗堂皇，也猶如置身冷宮吧。

問世間情為何物，唯忠貞兩字可解

千山暮雪，隻影為誰去

摸魚兒　　元好問

恨人間、情是何物，直教生死相許。天南地北[一]雙飛客，老翅幾回寒暑。歡樂趣，離別苦，是中[二]更有癡兒女。君應有語，渺萬里層雲，千山暮雪，隻影為誰去。橫汾路[三]，寂寞當年簫鼓，荒煙依舊平楚。招魂楚些[四]何嗟及，山鬼[五]自啼風雨。天也妒，未信與、鶯兒燕子俱黃土。千秋萬古，為留待騷人，狂歡痛飲，來訪雁丘[六]處。

【注釋】

一、天南地北：雁為候鳥。南飛過冬，春日北歸。

二、是中：此中、其中之意。

三、橫汾路：汾河畔。相傳漢武帝曾巡遊於此。

四、楚些：些在此讀作「梭」。《楚辭．招魂》中多以「些」為語末助詞，後以楚些為《楚辭》或招魂的代稱。

五、山鬼：山中女神，語出《楚辭．山鬼》，描寫山中女神苦候心上人不至的悲傷。

六、丘：墳塚之意。

【語譯】

恨人間的感情究竟是什麼，怎麼能叫大雁這樣生死相許呢？南飛北歸路途遙遠、歲歲年年幾回寒暑，牠們都比翼雙飛、相互陪伴。只不過是比翼雙飛雖然歡樂，但離別之苦更加難受，眼前此刻，才知道世間竟有如此忠貞情癡的雙雁。脫網而逃的大雁心裡恐怕在感嘆著，既然比翼雙飛的伴侶已逝，從此之後，萬里千山、晨風暮雪，都是形單影隻，那牠又要為誰而活呢？

漢武帝當年巡遊汾水一帶，何等熱鬧，可當年歡樂的蕭鼓樂聲已然寂靜，現在這裡已是荒煙一片。死者已逝，招魂也無濟於事，山中的女神再如何哀傷啼哭，也只是枉然。這樣生死相許的感情，上天也不禁忌妒，我不信這樣忠貞殉情的大雁，會像黃鶯、燕子一般，死後徒然化為塵土，因為千秋萬古後，依然會有騷人墨客，在雁丘墳上縱情高歌痛飲，奠祭牠們令人動容的愛情。

【從詩詞看甄嬛】

元好問，金朝著名文學家，生平見【溫實初與甄嬛的童年記憶】雙花脈脈交相問。

元好問喜以傳奇及其見聞入詞，這闋詞亦是如此。捕雁者晨時捕獲一雁而殺之，沒想到另一隻脫網逃去的雁為此悲鳴不已，竟投地殉情而死。元好問感佩大雁的忠貞，買下了大雁的屍首，埋於汾河畔，為其立墳，並揮筆寫就此詞。

不過這首詞之所以能使今人朗朗上口，還要歸功於武俠大師金庸。在《神鵰俠侶》中，小龍女的師姐李莫愁最愛吟唱的「問世間情為何物」一詞，原身便是元好問的〈摸魚兒〉。李莫愁早年與江南陸家莊主人陸展元相戀，而後陸展元移情別戀，李莫愁由愛生恨，從此乖戾狠辣，殺人如麻，她時時吟唱的那一句「問世間情為何物」，恐怕自問的，不只是自己何以癡情於負心之人，至死不解的，更是陸展元為何負她吧？

一直以來與甄嬛情同姊妹、相互扶持的眉莊，在安陵容的算計下，難產離世，甄嬛悲痛欲絕，皇帝也「看似」悲痛欲絕。只不過，皇帝的悲痛何其廉價，按著貴妃儀制、花些銀兩替眉莊風風光光辦完葬禮，也就算了結了，他很快地轉移目標，打起甄玉嬈的主意來。

皇上見到玉嬈臨摹崔白的《秋浦蓉賓圖》，忙不迭地將真跡賞賜給她，此舉雖意在討好玉嬈，卻反倒意外成就了玉嬈與允禧的好事。玉嬈自小被流放寧古塔，性子無疑要比長姐剛強一些，若說甄嬛少時暗期盼「願得一心人」時，還帶了點浪漫的少女情思，那麼玉嬈所要求的「忠貞」，卻更加剛烈，可見她對感情的標準，終究要比甄嬛更加嚴苛許多。

祺貴人指控甄嬛通姦時，允禧挺身而出，為甄嬛說話，玉嬈當然是感激的，可是她性格剛烈，並不是那麼容易動心的女子，若非是意外因《秋浦蓉賓圖》而發現允禧與她一樣，欣賞大雁的忠貞風姿，恐怕那一點點好感，也不會迅速萌生為愛情吧。

甄玉嬈與允禧

瞻彼淇奧，有匪君子

淇奧[一]

瞻[二]彼淇[三]奧[四]，綠竹猗猗[五]。有匪[六]君子，如切如磋，如琢如磨[七]。瑟[八]兮僩[九]兮，赫兮咺兮[十]。有匪君子，終不可諼[十一]兮。

瞻彼淇奧，綠竹青青。有匪君子，充耳琇瑩[十二]。會弁如星[十三]。瑟兮僩兮，赫兮咺兮。有匪君子，終不可諼兮。

瞻彼淇奧，綠竹如簀[十四]。有匪君子，如金如錫，如圭如璧。寬兮綽兮[十五]，猗[十六]重較[十七]兮。善戲謔[十八]兮。不為虐[十九]兮。

【注釋】

一、淇奧：詩序云：「淇奧，美武公之德也。」根據紀載，衛武公年過九十，仍夙夜不怠，思聞訓道……衛人頌其德，為賦淇奧。

二、瞻：看。

三、淇：淇水，河川名。

四、奥：山厓堤岸的內側。

五、猗猗：猗，音同「依」。美盛的樣子。

六、有匪：匪為斐之假借。有匪，斐然之意，用以形容有文采的樣子。

七、切磋、琢磨：皆是雕琢玉石之意。此兩句言精益求精，用以比喻君子進德之不已也。

八、瑟：矜持莊重的樣子。

九、僩：僩，音同「現」。威嚴的樣子。

十、赫兮咺兮：咺，音同「選」。赫，咺，皆是顯著、昭顯之意。

十一、諼：諼，音同「宣」。忘記的意思。

十二、琇瑩：美石。

十三、會弁如星：會，縫也。弁，音同「變」，帽子。會弁如星，指在帽子上裝飾著閃爍如星的寶石。

十四、簀：簀，音同「則」。用竹子或木條編織成的席子。

十五、寬兮綽兮：恢弘寬大。

十六、猗：此處作動詞用，音同「椅」。倚靠之意。
十七、重較：馬車廂左右兩側的木條，可供倚攀。
十八、戲謔：開玩笑。
十九、虐：甚、超過。

【語譯】

看那淇水河灣之處，綠竹美盛繁茂。有位文采斐然的男子，他的學問精湛淵博，人品崇高磊落。他氣宇軒昂、大方穩重。這樣瀟灑的男子，我怎麼能忘記他。

看那淇水河灣之處，綠竹碧翠挺立。有位文采斐然的男子，他耳朵上垂著美麗的玉石，帽子上的寶石如星星般閃耀。他氣宇軒昂、穩重威嚴，這樣瀟灑的男子，我怎麼能忘記他。

看那淇水河灣之處，綠竹連綿一片。有位文采斐然的男子，如金錫般貴重，如圭璧般高尚。他性格寬厚，斜倚著馬車旁的扶手，談吐幽默風趣，但戲而不虐，從不說出過分的話。

【從詩詞看甄嬛】

〈淇奧〉出自《詩經．國風．衛風》。

在《後宮甄嬛傳》裡，甄嬛因為長相肖似已故的純元皇后而得皇上寵愛，所以，當皇上見到與純元相貌更加相似的甄玉嬈，就像蒐集成癖似的，對玉嬈起了非分之想。玉嬈當然不肯，她心高氣傲更勝甄嬛，並不戀棧權勢，加之小小年紀就因皇上喜怒難定而被流放寧古塔，對這位多疑猜忌的君王，恐怕無甚好感。

更何況，她心裡早已有了思慕的君子——皇上的弟弟，慎貝勒允禧。

如此心高氣傲的女子，為何獨獨鍾情於慎貝勒？戲裡並沒有對這對佳偶多加琢磨，只對慎貝勒情有獨鍾的專一略提一筆，可若細細推敲，就會發現慎貝勒絕對值得起玉嬈的看重。

這位慎貝勒的人品高過皇上許多，自不必說，就算是與果郡王相比，也毫不遜色。慎貝勒的母親熙太嬪原是針工局的宮女，出身微賤，更何況舒妃專寵，這位熙太嬪雖然誕下龍裔，恐怕也不受康熙重視。宮中拜高踩低，這對母子在宮裡的狀況之難，略想便知，可是，這些都沒有妨礙慎貝勒長成一位氣宇軒昂、德行出眾的男子，可見他人的輕視與刁難，從不能作為心狠手辣的藉口，真正高潔的人格，絕對禁得起現實的考驗、與環境的磨難。

藉著一曲〈淇奧〉，甄玉嬈明白地向皇帝表示了自己鍾情於允禧，拒絕了皇帝的示好。論相貌、論才氣，玉嬈與甄嬛兩姊妹不相伯仲，但若論看人的眼光，作為妹妹的玉嬈，終究要比姊姊甄嬛好上一些，或許就是因為如此，她與慎貝勒允禧，才能成為戲裡唯一能稱得上「幸福」的一對吧。

名花傾國兩相歡

清平調三首　李白

雲想衣裳花想容，春風拂檻露華[一]濃。若非群玉山[二]頭見，會向瑤臺[三]月下逢。
一枝紅豔露凝香，雲雨巫山枉斷腸。借問漢宮誰得似？可憐飛燕倚新妝。
名花傾國兩相歡，長得君王帶笑看。解釋[四]春風無限恨，沉香亭北倚闌干。

【注釋】

一、華：通「花」。
二、群玉山：相傳為西王母居住之所，一說群玉山即是崑崙山的美稱。
三、瑤臺：相傳西王母住在崑崙山的瑤池。
四、解釋：開解、消除之意。

【語譯】

看到天上的雲朵，就想到她身上穿的衣裳，看到美麗的花朵，就想到她的容貌。春風吹拂著欄杆，在露水的滋潤下，花色顯得更加濃豔了。如此美麗的人兒，若非是在神仙居住的群玉山頭上見到，也只能在月光下的瑤池遇見了。

美人就像是一枝紅色的牡丹花，花瓣上的露水凝結著花香，是那樣動人。楚王與神女巫山相會，也只得枉自斷腸。借問漢宮中的妃嬪，又有誰比得上呢？即便是使得君王憐愛無比的趙飛燕，還得倚賴新妝打扮呢。

雍容華貴的牡丹、與傾國傾城的美人相得益彰、各自臻妙，君王帶笑觀看，這樣動人的姿色，就像春風一般，能消弭無限的愁思怨恨，在沉香亭的北面，君王和貴妃一起賞花，雙雙倚靠著欄杆。

【從詩詞看甄嬛】

李白生平，見【若得相守，何必相思】長相思，摧心肝。

楊貴妃深受唐玄宗寵愛，據說唐玄宗曾偕楊貴妃在宮中的沉香亭賞花，樂師在一旁隨侍，見到唐玄宗興致高昂，便要奏樂助興，唐玄宗聽膩了舊曲子，急詔李白前來，為眼前盛開花景寫就新樂章。李白文采斐然，立即寫下了三首〈清平調〉，匠心獨運，將楊貴妃比做了牡丹，既寫花容、更寫月貌。

不過這三首〈清平調〉，究竟是誠心誠意的褒獎楊貴妃的美貌、還是埋藏著意在言外的諷刺呢？後人對此眾說紛紜，但最常見的說法是，李白對唐玄宗戀慕女色、不顧朝政的作為不以為然，更將楊貴妃比擬為漢朝禍水趙飛燕。據說曾因脫靴一事對李白大感不滿的高力士，便對楊貴妃大進讒言，說李白諷刺她如趙飛燕般狐媚惑主，引得楊貴妃深感不滿，回回阻止唐玄宗升李白的官，終至李白心灰意冷、掛冠求去。

其實，李白究竟是什麼意思，並不要緊，要緊的是君王怎麼看，這個通則自古至今皆然，就如同三阿哥弘時與瑛貴人一事，分明是弘時癡心妄想，可為此枉自斷送了性命的，卻是無辜的瑛貴人。

三阿哥弘時是齊妃的親生兒子，他昏懦無能，頗像他的生母，可他的心性卻不如齊妃那樣善妒歹毒。皇后宜修巧施詭計，害死齊妃，可弘時不察，卻以為皇后待他極好，即便皇后不如齊妃那樣，時時對弘時噓寒問暖，更不在乎弘時如此苦讀，會否累壞了身子，可弘時對皇后心懷感恩，依然十分服從、毫無怨言。直到皇后把自己的姪女青櫻給推了出來，那樣明顯的要弘時為她延續烏拉那拉氏的榮耀，弘時多年來乖乖聽由皇后擺布、終日苦讀的不甘與壓抑，才終於爆發了出來。

嚴父難以親近、慈母又撒手而去，弘時心裡期待著溫柔體貼的對待，一點也不令人意外，更別提瑛貴人的美貌，遠勝青櫻百倍。只不過「名花傾國兩相歡，長得君王帶笑看」，瑛貴人美貌可比紅花，弘時卻不是君王，自然無福消受了。

我欲與君相知，長命無絕衰

上邪

上邪一，我欲與君相知，長命無絕衰。山無稜，江水為竭，冬雷震震，夏雨雪，天地合，乃敢與君絕。

【注釋】

一、邪：語氣助詞，表示疑問或感嘆的語氣。

【語譯】

上蒼啊！我希望與情郎相知相惜，希望這樣的感情永遠不要改變。除非巍峨的高山被移平，滔滔的江水枯竭，冬天打起響雷、夏日卻降下大雪，天與地合在一起，我才敢背棄我的誓言，與情郎分別。

【從詩詞看甄嬛】

漢朝樂府詩，有關樂府請見【誤闖深宮大海的安陵容】江南可採蓮。

《後宮甄嬛傳》裡的嬪妃們，有的可愛、有的可憐，有的可恨、有的可嘆，可若要說到齊妃，恐怕還多了一個「可笑」。

仔細注意，就可看得出來，齊妃每次對著皇上時，都十分「含羞帶怯」。她年紀已經不小，故作羞澀時，非但不覺得可愛，反倒只覺得做作，可她自己似乎一點兒也沒有發現這件事，還總覺得自己裝得很好。那種自作多情的樣子，乃一花癡也。

可看來花癡是一種遺傳疾病，因為三阿哥長大之後，自作多情起來，竟比齊妃還要厲害得多。他喜歡上瑛貴人並不叫人意外，畢竟瑛貴人美貌又溫柔，比青鶯那樣驕矜作態的女人，可親可愛不知多少，可他與瑛貴人也不過就是在一盆花旁遇上，聊上了一會兒天，三阿哥提起自己思念娘親，瑛貴人總不能扭頭就跑，於情於理，總也要安慰兩句。

兩人之間的交談，便僅止於此，下一次遇上，是在皇上的寢宮裡，妃嬪奉召而來，在皇帝寢宮裡彈箏，皇帝臥於榻上，嘴角含笑，對三阿哥說的話意興闌珊，眼睛都盯在瑛貴人身上，接下來會發生什麼事，還不夠明白嗎？瑛貴人是皇上的嬪妃，是他名分上的額娘，三阿哥究竟是哪一根筋不對，竟然會以為瑛貴人也喜歡他，在花園裡拉住她的手，還大吼大叫：「我知道妳對我好，我不在乎身分地位！」

瑛貴人推開他就跑了，三阿哥非但不擔心隔牆有耳、也不擔心瑛貴人向人告發此事，只知道回自己寢宮，大吟：「我欲與君相知，長命無絕衰。」原來情詩美不美麗、感不感人，不只要看寫得如何，還要看是從誰口中說出來，若是允禮說起，那叫詩情畫意，但若是三阿哥說起，卻只有「可笑」二字能形容。有他這樣的仰慕者，哪裡還用得著山無稜、天地合，只需要一條白綾，瑛貴人就與君長訣了。

雍正送甄嬛和親

一願郎君千歲，二願妾身常健

長命女[一]　馮延巳

春日宴，綠酒[二]一杯歌一遍，再拜陳三願：一願郎君千歲，二願妾身長健，三願如同梁上燕，歲歲長相見。

【注釋】

一、長命女：《全唐詩》作〈妾薄命〉。

二、綠酒：一說古時釀酒未濾，上浮米渣，呈淡綠色，故名。

【語譯】

在美好的春日宴席裡，我與夫君一同共飲新釀的酒，唱著美好的歌曲，我對夫君訴說著我的三個願望——第一個願望希望夫君能長命百歲；第二個願望，希望妾身能身體康健；第三個願望，希望我與夫君能像梁上的燕子一樣，雙宿雙飛、年年能相見。

【從詩詞看甄嬛】

馮延巳，字正中，五代南唐人。

五代十國是個十分動盪的時代，文人們逃避現實，縱情詩歌、流連於歌樓酒肆，作詞吟詠宴會歡樂、歌舞歡情，詞作雖多，但歷來皆被文學評論家認為格調不高，唯有寥寥數人得後世讚賞，馮延巳即是其一。王國維《人間詞話》評道：「馮正中詞，雖不失五代風格，而堂廡特大，開北宋一代風氣。」

不過馮延巳文采雖美，人格卻頗受非議。據《新五代史》記載，馮延巳喜好談論兵事、大放厥詞，甚至譏諷只想守成的君王李昇難成大事[1]。後來李璟即位，重用於他，他文采雖美，卻才智平庸，主導的戰事次次大敗，終於被罷黜宰相之位，隔年去世，得年五十七歲。

這首〈長命女〉，是馮延巳的代表作之一，描寫夫妻於春日時宴飲之景。可在《後宮甄嬛傳》中，卻是甄嬛即將被送往準噶爾和親時，拜別皇上之詞。

準噶爾的摩格可汗究竟為何要向皇上求娶甄嬛？我想，真正鍾情的可能性必定不大，至多不過是色欲薰心而已。摩格野心勃勃，精明強悍，和雍正算是一路性子的人，這種「雄才大略」型的君主，通常只把女人視為會說會動的玉石玩物，閒時捧在手心把玩，但若有必要，再如何愛不釋手、也可轉贈他人，左右不過一玩物耳，何必可惜。當年在凌雲峰山上，摩格被毒蛇所噬，蒙甄嬛與果郡王相救之時，就曾毫不隱瞞自己對這位美麗女子的垂涎渴望，而後摩格進宮，發覺昔年山中巧遇之女子，竟列於席上，身居貴妃高位，他身為部落之主，何等精明，怎會不明白自己手中握有的，是多大的秘密？

他在御花園堵住了甄嬛，重提當年宮外一事，也許是心生戲弄，更可能是意存要脅，畢竟若能在大清皇帝枕邊佈下密探，對摩格而言必是極大收穫。甄嬛雖然震驚，卻一口咬定果郡王的側福晉玉隱（浣碧）與自己相貌相像，摩格是認錯了人，在倉皇之間還能如此應對，甄嬛已經不能夠做得更好，可惜上蒼著意為難甄嬛，她與摩格的對話，卻被窺伺在一旁的血滴子首領夏刈盡數聽去。

當年中秋家宴上，果郡王不甚掉落了貼身收藏的剪紙小像時，皇上就曾懷疑過甄嬛與果郡王，之所以沒有發作，一是因為祺貴人揭發甄嬛與溫實初私通一事才剛結束，連累了溫實初揮刀自宮、眉莊難產而死，皇帝對甄嬛確實感到些許愧咎；二是因為浣碧對王爺有情，誰都看得出來，皇上再怎麼精明，也沒料到她與甄嬛竟同時都愛著允禮；三則是因為皇上要求果郡王娶孟靜嫻時，果郡王曾主動向皇上請求，要浣碧入府主持家事，這讓皇帝相信了浣碧對果郡王的重要性；鑒於這種種事由，皇帝的疑心稍彌，甄嬛於是有驚無險地度過了小像風波。

可安陵容有句話說得在理，人只有在起了疑心，事後又被證實確有其事時，才會那樣生氣。夏刈將甄嬛與摩格的對話全數回報皇上，皇上立即設下陷阱，故意讓果郡王聽見甄嬛和親一事。允禮關心則亂，皇帝還未傳召，就不顧一切闖入殿中。他多年來那樣小心謹慎，皇帝都看在眼裡，現在卻為了熹貴妃和親而大失分寸，若說其中毫無私情，何至於此？

甄嬛為保全允禮，只得答應和親一事，面對這樣無情狠辣的帝王，她哪可能真心希望他長命千歲、哪可能還想與他雙宿雙飛？表面上，她藉由〈長命女〉一詞重申著自己對皇上的一片癡心，暗地裡偷渡的，卻是對果郡王的殷殷囑咐，希望果郡王愛惜己身、萬望珍重，不要再為了她犯險得罪皇帝了。

1.《新五代史・南唐世家》：「昇客馮延巳好論兵、大言，嘗誚昇曰：田舍翁安能成大事！」

春風不度玉門關

涼州詞　王之渙

黃河[一]遠上白雲間，一片孤城萬仞[二]山。
羌笛何須怨楊柳[三]？春風不度玉門關[四]。

【注釋】

一、黃河：李白詩曾有「黃河之水天上來」之句，形容黃河的浩瀚。
二、萬仞：仞，古代計算長度或高度的單位。萬仞，形容山勢很高。
三、楊柳：此指曲調名。唐代送別時吹奏的曲調。
四、玉門關：兩漢時期通往西域的關隘。

【語譯】

黃河之水天上來，氣勢滔滔，玉門關孤獨地聳立在高山之中。何必用羌笛吹奏出楊柳調呢？春風是吹不到玉門關的啊。

【從詩詞看甄嬛】

王之渙是盛唐時期的詩人，他的詩作今存不多，最有名的便是〈登鸛雀樓〉以及這首〈涼州詞〉。根據《唐才子傳》記載，王之渙與王昌齡、高適交好，有回三人聚在一起，王昌齡提議看歌伎詠頌誰的詩最多，來決定三人文采誰高誰下。第一位歌伎吟唱了王昌齡的兩首絕句，第二位歌伎則選擇了高適的作品，王之渙頗不服氣，說：「她們唱的都是俚俗的作品。」一直到第三位歌伎出場，相貌歌聲最佳，連續唱了三首王之渙的作品，三人盡皆大笑。

其實，歌伎唱了誰的作品是不要緊的，王之渙的「羌笛何須怨楊柳，春風不度玉門關」二句，歷來皆是佳評。短短兩句裡，就隱含著三個層次，第一是形容邊塞氣候嚴寒，春風不至；第二以春風比喻君恩，如實刻畫邊塞將士隨時可能為了保衛家國丟失性命，但君王卻毫不在意的淒涼；第三以春風比喻思念，每一個沙場將士，都有父母妻子甚至兒女，等待著他們歸家，可是這樣的牽掛，又能叫誰代為傳達呢？

在《後宮甄嬛傳》裡，允禮先是無召闖殿、後又是私自帶兵出關，次次證實了他對甄嬛確實別有居心，皇上何等量狹，當然容不得他，將他封為果親王，派去駐守邊關。三年之後，他將允禮厚待將士的善良曲解為「收買人心」，將允禮盡忠職守、請求設立互市的仁心扭曲為「干涉朝政」，將允禮在奏摺中描述邊塞苦寒、春風不度玉門關的詩句，曲解為「怨懟聖意」，終於召回京來，準備了結這個弟弟。

皇上究竟是在甚麼時候動了殺機呢？

也許，是在允禮闖殿之時，也或許，是在允禮帶兵出關之際，或者更早，早在他年少時第一次對允禮這個弟弟的才華和境遇感到嫉妒時，就種下了仇恨的種子。允禮待他親厚，可那又如何？就好像安陵容在宮中受盡欺侮，唯有甄嬛與她親近，可她卻最妒恨甄嬛一般，殺機起於嫉妒、起於自卑，其他種種藉口，不過是因為心地醜惡之人的眼睛，望出去的皆是扭曲，從來都無關其他。

這麼多年來，允禮得到皇上的厚待，不過是因為他處處謹慎小心，皇上實在找不出錯來。既然殺機早生，那麼這三年的邊塞風霜之苦，不過是皇上殺之猶不能解恨，還要先使其倍受凌辱的刻意折磨罷了。

婉伸郎膝上，何處不可憐。

子夜歌　四十二首　之三

宿昔不梳頭，絲髮被一兩肩，婉伸郎膝上，何處不可憐。

【注釋】

一、被：通「披」字。

【語譯】

昔日，我在夜晚時散開了髮髻，一頭長髮自然的垂在肩頭，我枕在郎君的膝上，髮絲也蜿蜒垂到了情郎的膝頭，是如何的惹人憐愛。

【從詩詞看甄嬛】

〈子夜歌〉為南朝時的民歌樂府。

樂府是可以入樂歌唱的，〈子夜歌〉是曲調名稱，郭茂倩《樂府詩集》裡收錄的〈子夜歌〉多達四十餘首，另外還有變調如〈子夜四時歌〉、〈大子夜歌〉等等，統計超過百首，可見〈子夜歌〉這一曲調，在當朝民間頗為流行。

《晉書》中記載：「子夜歌者，女子名子夜，造此聲。」《舊唐書》中則說「晉有女子夜造此聲，聲過哀苦，晉日常有鬼歌之。」其實，樂府古詩的曲調與作者，多因年代久遠難以考證。鬼會唱歌當然是穿鑿附會，至於是否真有一位名叫「子夜」的女子，也很難說，只能從這些史料中知道，〈子夜歌〉這支曲子必定十分婉轉纏綿，而《樂府詩集》裡收錄的〈子夜歌〉也盡是些情致纏綿的文字，如上述這首作品中，寫到了女子在夜晚時不加梳飾、枕在情郎膝頭的旖旎，這不僅僅是男女之情，更是閨房之樂了。

在《後宮甄嬛傳》全劇接近尾聲時，皇上纏綿病榻，可比病痛更叫他煎熬的，恐怕是六阿哥的身世之謎。他少近後宮、皇后又毒害皇嗣，當了十來年的皇帝，居然只剩三個兒子，除去那個從未露面的五阿哥，他便只剩兩個選擇，一個是甄嬛的親生兒子、一個是甄嬛的養子，無論選誰，都是甄嬛的人馬。恐怕這時候，他心裡必定充滿了疑惑，疑惑自己分明事事多疑、處處謹慎，到底是怎麼在毫不覺察的情況中，落入了甄嬛的陷阱？

「婉伸郎膝上，何處不可憐」，甄嬛才貌雙全，確實是個惹人憐愛的女子，可若說她在一次次的打擊中有什麼收穫，恐怕就是她終於看清了皇上。甄嬛看清了皇上的寡恩少情，知道皇上的「恨」遠比皇上的「愛」來得強烈持久。皇帝的憐愛並不能帶來什麼實質的好處，但皇帝的厭惡卻絕對能造成毀滅性的傷害。

就如同安陵容小產，皇上一直以為是自己太過魯莽之故，內疚不已，甄嬛揭露迷香一事，皇帝終於有機會從自責的痛苦中解脫，自然絕不容情；而皇后依賴純元，多年始終屹立不倒，甄嬛揭露皇后殺害純元一事，皇帝終於有機會報仇，當然更不會手軟；至於祺貴人一事，無論甄嬛怎麼多次進言，請皇上重審當年祺貴人之父告發甄遠道謀反一事，甚至搬出六阿哥來，皇帝都不為所動，直到玉嬈開口陳述了自小流放北地之苦，皇上才出手懲處瓜爾佳氏一族（祺貴人的家族），仔細一想就會明白，這不過是皇帝為了得到玉嬈，急於討好於她的表現，而又焉知甄嬛是否早已看出皇上的私心，暗中對妹妹面授機宜？

病榻纏綿間，皇上看著這個陪了自己多年的女子，忍不住想摸摸她的頭髮，卻只摸到了她滿頭冰冷的珠翠。甄嬛倚在他身上說著：「婉伸郎膝上，何處不可憐。」其情景已與當年深愛雍正的莞貴人相去甚遠。他那樣懷念著當年天真的甄嬛，卻怎不回頭想想，既然不喜歡她珠翠滿頭，那又為何他只會賞賜這些身外之物？既然不喜歡聽阿諛奉承之詞，那為何又沒有雅量，容忍別人說出不合他意的真心話？早知如此，又何必當初呢？

息肌丸與趙飛燕

在《後宮甄嬛傳》裡，華妃不孕是因為歡宜香，而安陵容無法生育、即使懷孕也必是死胎，又是為何？答案是她為使身輕如燕，服食了息肌丸之故。

息肌丸又稱香肌丸，因為內含麝香，所以會使女子不孕，在歷史上，息肌丸最出名的使用者，便是中國四大美女之一的趙飛燕、以及她的妹妹趙合德。飛燕與合德同為漢成帝的妃嬪，而漢成帝昏庸好色，甚至還有偷窺趙合德洗澡的癖好，還記得皇上賜甄嬛湯泉宮沐浴，卻在甄嬛泡澡時闖入，甄嬛又羞又怯，對雍正說：「皇上要學漢成帝嗎？」，這裡用的，便是趙合德的典故。

趙飛燕在歷史上大大出名，但正史中對她的描述其實不多，只說飛燕出身微寒，被賣到陽阿公主家學習歌舞，漢成帝見到她的舞姿，驚為天人，召入皇宮，封為婕妤，又將趙飛燕的妹妹趙合德召入後宮，亦封婕妤。兩姊妹美若天人，得皇帝專寵，許皇后、班婕妤皆失寵，後來趙飛燕汙衊許皇后與班婕妤在後宮行詛咒之術，漢成帝聽信其言，廢許后，立飛燕為后，合德為昭儀。這個被廢的許后在歷史上記載不多，但班婕妤卻大大有名，她是《漢書》作者班固的姑祖，以才德兼備著稱，亦曾是漢成帝寵妃，後因趙氏驕橫，班婕妤為避其禍，自請到長信宮服侍太后，曾作〈長信宮怨〉等詩，不過後人考據，認為其皆為偽作。

飛燕合德二姊妹專寵十餘年，卻俱無子，非但無所出，合德謀害其他皇子，遂使成帝無嗣。漢成帝卒，合德畏罪自殺，飛燕因扶持成帝之姪哀帝登基有功，尊為太后。哀帝登基六年即駕崩，而趙飛燕也由太后貶為皇后、復又貶為庶人，被派去看守漢成帝的陵墓，最終死於自殺。

正史中對趙氏姐妹的記載僅止如此，但《西京雜記》中說飛燕亦能做詩，為這位擅舞的美女更添了幾分才情，而被譽為傳奇之首的《飛燕外傳》，更是比正史來的精采的多，息肌丸及成帝偷窺的典故，皆出於此。

在《飛燕外傳》所渲染的故事裡，趙飛燕在進宮前，老早就與其他男人共赴巫山了，所以等到皇帝召幸她時，她欲拒還迎，整整拒絕了皇帝三日，才終於和皇帝成其好事，「既幸，流丹浹藉」，分明並非處女之身，居然有了落紅，原來趙飛燕練過一種內功，只要運息三天，便可使肉肌盈實，回復如初，而且「帝體洪壯，創我甚焉」，原來漢成帝居然如此雄壯威武。

漢成帝迷上了趙飛燕，所以當趙飛燕告訴皇帝，說自己有個妹妹，名叫趙合德，容貌猶在己之上時，皇帝立刻就派人將合德接入宮裡。皇帝對合德果然比對飛燕更為滿意，戲稱她為「溫柔鄉」。尤其旖旎的，是漢成帝喜歡偷窺趙合德沐浴，這個小癖好被宮女知道了，偷偷的告訴了趙合德，於是趙合德便用毛巾蓋住了自己白若凝脂的胴體，並熄滅了燭火，打斷了皇帝的偷窺之癖，皇帝為了再多看幾眼，居然還賄賂宮女，要她別去向合德打小報告。

漢成帝迷戀合德至此，對她幾乎言聽計從，即使懷疑趙飛燕與人私通，但合德哭著對皇帝說「姊性剛，或為人構陷，則趙氏無種矣」，皇帝心疼不已，所以無論是誰告發趙飛燕通姦，皇帝皆必殺之。

另外，趙氏兩姊妹皆愛惜容貌，聽聞息肌丸能使容色艷麗，爭相使用，可是息肌丸裡卻含有大量麝香，會傷害女子的生殖系統，所以趙氏姊妹雖獨佔恩寵，卻月信不調，久久不孕。她們向皇宮裡的藥劑師上官嫵請教，上官嫵教她們用羊花煮湯洗滌，可終究已無法挽救。

漢成帝因為在下雪的嚴冬打獵而染病，「陰緩弱不能壯發」，也就是陽痿之意，不過只要抓住趙合德的腳，就「不勝自欲，輒暴起」。後來合德獲得了一種名叫「慎恤」的壯陽藥，每天晚上給皇帝吃一顆，便能起翻雲覆雨之效，有天趙合德喝醉了，迷迷糊糊中，居然給皇帝吃了七顆，當晚二人顛鸞倒鳳，豔情無限，誰知隔天一早，漢成帝「陰精流輸不禁」，駕崩於床，合德半是畏懼、半是傷心，竟跟著嘔血而亡了。

小說家言，多屬誇大想像，世上應無可使人回復處女之身的內功，也無美容聖藥息肌丸。可《飛燕外傳》讀來香豔刺激、維妙維肖，更經後人多次改編，早已家喻戶曉。班婕妤心思澄明，為避爭鬥，寧願依附太后，和眉莊不是很像嗎？而趙合德因自己不能生育，而殘殺其他皇子，與皇后又何嘗不是如出一轍？或許無論前朝如何改朝換代，爭寵卻是歷朝歷代嬪妃同譜的一曲悲歌，無論是美若趙飛燕、或者賢如班婕妤，都只像〈長信宮怨〉所言，「何如薄倖錦衣郎，比翼連枝當日願」罷了。

甄嬛典故

叔嫂戀、洛神賦與樓東賦（上）

還記得殿選時，太后挑剔甄嬛姓甄，犯了皇帝名諱[1]，皇帝是怎麼說的嗎？皇上說：「江南有二喬，河北甄宓俏，甄氏出美人。」看似在跟太后講論歷史，實則是非常明白的告訴太后，這個女人生得美麗，管她叫什麼名字，「朕要了。」

甄宓到底是誰？其實，正史上只記載她姓甄，並未提及名字，甄宓是後人依據〈洛神賦〉中的文字，給這位甄氏取的代號。根據《三國志》記載，甄氏原本是袁紹的兒子袁熙的妻子，後來曹操攻佔冀州，甄氏成為俘虜，曹丕見甄氏美貌，就娶了她為妻子，十分寵愛，隔年甄氏就生了兒子，也就是後來的魏明帝曹叡。不過君恩如流水，曹丕即位之後納妾，寵愛妾室，甄氏失意之下口出怨言，曹丕就在一怒之下，賜她自盡了。[2]

正史中有關甄氏的記載就是這樣，跟曹植八竿子扯不上關係，可為何後人言之鑿鑿，說甄氏與小叔相戀？其實，正是因為曹植那一篇〈洛神賦〉。

洛神賦　曹植

黃初[一]三年，余朝京師，還濟[二]洛川。古人有言，斯水之神，名曰宓妃[三]。感宋玉對楚王神女之事[四]，遂作斯賦。其辭曰：

余從京城，言歸東藩[五]。背伊闕[六]，越轘轅[七]，經通谷，陵[八]景山。日既西傾，車殆馬煩[九]。爾乃稅駕乎蘅皋[十]，秣[十一]駟乎芝田，容與[十二]乎陽林[十三]，流眄[十四]乎洛川。於是精移神駭，忽焉思散，俯則未察，仰以殊觀，睹一麗人，於岩之畔。乃援[十五]御者而告之曰：爾有覿[十六]於彼者乎？彼何人斯，若此之豔也！御者對曰：臣聞河洛之神，名曰宓妃，然則君王之所見也，無乃是乎？其狀若何？臣願聞之。

余告之曰：其形也，翩若驚鴻，婉若游龍，榮曜秋菊，華茂春松。彷彿[十七]兮若輕雲之蔽月，飄颻[十八]兮若流風之回雪。遠而望之，皎若太陽升朝霞；迫[一九]而察之，灼若芙蓉出淥波。穠纖得衷，修短合度。肩若削成，腰如約[二十]素。延頸秀項[二一]，皓質呈露。芳澤[二二]無加，鉛華弗御[二三]。雲髻峨峨，修眉聯娟[二四]。丹唇外朗，皓齒內鮮。明眸善睞，靨輔承權[二五]。瓌姿艷逸，儀靜體閑。柔情綽態，媚於語言。奇服曠世，骨像應圖[二六]。披羅衣之璀粲兮，珥[二七]瑤碧之華琚。戴金翠之首飾，綴明珠以耀軀。踐遠遊之文履[二八]，曳霧綃之輕裾[二九]。微幽蘭之芳藹兮，步踟躕於山隅。於是忽焉縱體[三十]，以遨以嬉。左倚採旄[三一]，右蔭桂旗[三二]。攘[三三]皓腕於神滸[三四]兮，採湍瀨[三五]之玄[三六]芝。

余情悅其淑美兮，心振蕩而不怡[三七]。無良媒以接歡[三八]兮，托微波而通辭[三九]。願誠素[四十]之先達兮，解玉佩以要[四一]之。嗟佳人之信[四二]修兮，羌習禮而明詩。抗[四三]瓊珶以和余兮，指潛淵而為期[四四]。執眷眷之款實兮，懼斯靈之我欺。感交甫[四五]之棄言兮，悵猶豫而狐疑。收和顏而靜志兮，申禮防以自持。

於是洛靈感焉，徙倚彷徨。神光離合，乍陰乍陽[四六]。竦輕軀以鶴立[四七]，若將飛而未翔。踐椒塗[四八]之郁烈，步蘅薄[四九]而流芳。超[五十]長吟以永慕兮，聲哀歷[五一]而彌長。

爾乃眾靈雜遝[五二]，命儔嘯侶[五三]。或戲清流，或翔神渚，或採明珠，或拾翠羽。從南湘之二妃[五四]，攜漢濱之游女[五五]。歎匏瓜[五六]之無匹兮，詠牽牛之獨處。揚輕袿之猗靡[五七]兮，翳[五八]修袖以延佇[五九]。體迅飛鳧[六十]，飄忽若神。凌波微步，羅襪生塵[六一]。動無常則，若危若安。進止難期[六二]，若往若還。轉眄流精[六三]，光潤玉顏。含辭未吐，氣若幽蘭。華容婀娜，令我忘餐。

於是屏翳[六四]收風，川後[六五]靜波，瀉夷[六六]鳴鼓，女媧清歌。騰文魚[六七]以警乘[六八]，鳴玉鸞以偕逝。六龍[六九]儼其齊首，載雲車之容裔[七十]。鯨鯢踴而夾轂，水禽翔而為衛。於是越北沚[七一]，過南岡，紆素領[七二]，回清陽[七三]。動朱脣以徐言，陳交接之大綱。恨人神之道殊兮，怨盛年之莫當[七四]。抗羅袂以掩涕兮，淚流襟之浪浪[七五]。悼良會之永絕兮，哀一逝而異鄉。無微情以效愛兮，獻江南之明璫。雖潛處於太陰[七六]，長寄心於君王。忽不悟其所舍，悵神宵而蔽光。

於是背下陵高，足往神留，遺情想像，顧望懷愁。冀靈體之復形，御輕舟而上泝[七七]。浮長川[七八]而忘反，思綿綿而增慕。夜耿耿[七九]而不寐，霑繁霜而至曙。命僕夫而就駕，吾將歸乎東路。攬騑轡以抗策[八十]，悵盤桓而不能去。

【注釋】

一、黃初：魏文帝曹丕的年號。根據歷史記載，曹植朝京師一事當在黃初四年，此作「三年」，或許是曹植故意為之，以明所寫之事，並非事實。

二、還濟：還，指返回封地鄄城。濟：渡。

三、宓妃：傳說中宓妃為伏 羲之女，溺洛水而死，遂為洛水之神。

四、宋玉：宋玉作〈高唐賦〉、〈神女賦〉，賦中記載巫山神女一事。
五、東藩：東方的藩國。鄄城在國都洛陽之東，故稱東藩。
六、伊闕：山川名。
七、轘轅：山川名。
八、陵：登上。
九、煩：疲勞。
十、爾乃稅駕乎蘅皋：爾乃，於是就。稅，放置之意。蘅，香草名。皋，水邊。
十一、秣：餵養。
十二、容與：安閒自得的樣子。
十三、陽林：地名。
十四、流眄：縱目而視。
十五、援：拉住。
十六、覿：音「迪」，看見、見到之意。
十七、彷彿：看不真切的樣子。
十八、飄颻：颻，音同「搖」。飄盪不定的樣子。
十九、迫：近。

二十、約：纏束、束縛。
二一、項：後頸部。
二二、芳澤：古時女子抹在頭髮上的香油。
二三、弗御：不必施用。
二四、聯娟：細長而彎曲的樣子。
二五、靨輔承權：靨輔，有酒窩的面頰。權，顴骨。
二六、應圖：合乎圖畫的標準。
二七、珥：用珠玉作成的耳環，這裡做動詞用，表示佩戴之意。
二八、踐遠遊之文履：踐，穿著。遠遊：一種鞋子的名稱。
二九、裾：衣襟。
三十、縱體：舒展身體。
三一、採旄：旄，音「毛」，古時旗桿上常用旄牛的毛作裝飾。採古字通「采」，採旄在此指彩色的旗子。
三二、桂旗：用桂枝作旗桿的旗子。
三三、攘：通「捋」字，指捲起袖子的動作。
三四、滸：水邊。

三五、湍瀨：水流很急的樣子。
三六、玄：黑色。
三七、不怡：不安樂、不平靜。
三八、接歡：接通歡情。
三九、通辭：互通言詞。
四十、誠素：素通「愫」。指真誠的情感。
四一、要：邀請、約會。
四二、信：實在、的確。表強調語氣之意。
四三、抗：舉起。
四四、期：約定。
四五、交甫：傳說中鄭交甫行於漢水之濱，遇二仙女，仙女贈玉予交甫，交甫受玉而去，行出數十步，玉已不見，回望相遇處，二女皆不見。
四六、乍陰乍陽：忽明忽暗。
四七、竦輕軀以鶴立：形容踮起腳尖、伸長脖子眺望的樣子。
四八、椒塗：用椒泥塗過的路。
四九、薄：草木叢生的地方。

五十、超：悵然之意。
五一、哀歷：哀厲。
五二、雜遝：遝，音「踏」。眾多的樣子。
五三、命儔嘯侶：呼朋喚友。
五四、南湘之二妃：指娥皇、女英。
五五、漢濱之游女：指漢水女神。
五六、匏瓜：星名，獨在牽牛星的東邊，故云匏瓜無匹。
五七、猗靡：隨風飄動的樣子。
五八、翳：遮蔽。
五九、竚：同「佇」。
六十、鳧：音同「福」，水鳥名，一般指野鴨。
六一、生塵：留下痕跡。
六二、難期：難以預測。
六三、流精：流轉的眼光。
六四、屏翳：古代神話中的神仙，可指雷神、雨神、雲神、風神等，此指風神。
六五、川後：川后，河水之神，即河伯。

六六、馮夷：即馮夷。傳說中馮夷溺河而死，天帝封他為河伯。
六七、文魚：文鰩魚、飛魚。
六八、警乘：警示車乘。
六九、六龍：神話傳說中日神乘車，六龍為其駕。
七十、容裔：同「容與」。
七一、沚：水中的小洲。
七二、紆素領：紆，回。素領，雪白的頸項。
七三、清陽：眉目清麗的樣子。
七四、當：相逢、相遇之意。
七五、浪浪：水流不止的樣子。在此用以形容淚流不止。
七六、太陰：鬼神居住之所。
七七、上泝：泝同「溯」，逆流而上之意。
七八、長川：此指洛水。思綿綿而增慕。
七九、耿耿：心中掛懷。
八十、抗策：舉起馬鞭。

【語譯】

黃初三年，我到京師去朝拜天子，歸途中渡過洛水。傳說中洛水之神名叫宓妃。我想起當年宋玉寫文章記載了楚王與巫山神女的事蹟，於是我也將洛神的事蹟寫了下來，這個故事是這樣的：

我從京城返回鄄城，翻過了伊闕山、越過了轘轅山，經過了通谷，登上了景山。這時太陽已經西下了，車馬都很疲乏，於是在長滿香草的水邊停下了車，讓馬兒在長滿芝草的田野上吃草，我在陽林間優游自在的休憩著，放眼欣賞洛水美麗的景色。忽然間，我的神思開始恍惚，思緒開始渙散，低頭時沒察覺，仰頭卻見到了殊麗動人的景象，有一位美麗的佳人，站在水邊的岩石旁。於是我連忙拉住隨從問他：「你有沒有看到那個美麗的佳人？她是何人？竟然如此嬌艷美麗！」隨從回答道：「臣曾經聽聞洛水的女神名叫宓妃，您見到的那位佳人，難道就是她嗎？她的樣貌如何，臣很想聽聽。」

我告訴他，那位佳人的體態輕盈的像受到驚嚇的鴻鳥翩翩飛起的樣子，柔軟的軀體像悠遊於天地的神龍，容色鮮明動人像秋天的菊花，青春繁茂像春天的青松。她若有若無，看起來像薄雲輕輕掩蓋住了明月，她飄忽幽邃，像流風吹起了雪花盤旋。遠遠望去，像從朝霞中升起的太陽般耀眼，近近細看，像清澈池水中的荷花那樣明媚。她的身材苗條豐滿恰到好處，無不符合美感，肩膀美麗的像是削成的一樣，腰肢纖細的像是一束纏好的白絹。她的脖頸修長，膚色白皙無瑕，秀髮未曾抹上香油，臉上也不施脂粉，濃密如雲的頭髮高高挽起，修長的細眉微微彎曲。在紅艷的朱唇裡，包覆著潔白的貝齒，明亮動人的眼睛顧盼生姿，酒窩在雙頰上忽隱忽現。她姿態奇美，明豔自在，儀態姣好，端莊嫻淑。她的情態溫柔寬和，言語嫵媚動人，穿的衣服世間從未見過，骨骼相貌就像畫中的美女。她披著鮮麗耀眼的綾羅所作的衣服，戴著美麗的玉石所作的耳環，頭上裝飾著黃金和翠玉所製的髮飾，點綴著的明珠，照映著絕世的容光。她腳上踏著美麗的繡花鞋，拖曳著像霧一樣飄逸輕透的紗裙，微微散發出幽蘭般的芳香，在山間從容地漫步。她偶爾舒展美麗的嬌軀，縱躍嬉戲，左邊有面彩旗靠在她身旁，右邊有面用桂枝作旗桿的旗子供她乘涼。她在水邊捲起了袖子，露出雪白的手腕，採摘那湍急河水中的黑色靈芝。

我愛慕著她的賢淑與美麗，心緒為她震盪不已，悶悶不樂。沒有良媒可以為我引薦，只好用脈脈含情的眼光向她傳達愛意。我希望可以趕在別人之前，向她傳達我真誠的感情，解下腰間的玉珮贈送給她，想要與她相約。她真是太完美了，不僅懂得禮法，還飽讀詩書。她拿起玉珮答應了我的邀請，指著深深的洛水與我立下約定，我心中充滿真摯的迷戀，深怕她只是在欺騙我，想起席年鄭交甫與漢水女神曾以玉相約，但他一轉身女神就消失不見的事，不禁惆悵猶豫，將信將疑。於是只好收斂了我的喜悅，使心情平靜下來，用禮法約束自己，別忘了男女之防。

於是洛水女神受到了感動，低迴地徘徊著，耀眼的神光也隨著她忽而靠近、忽而遠離的舉動而明暗不定。她踮起腳尖，抬起了美麗的頸項，看起來就像是美麗的仙鶴快要飛起來的樣子，踏在塗了椒泥、香氣濃郁的小路上，徘徊在仙草茂密、香氣流轉的蘅草叢中，惆悵的吟出了深刻的戀慕，聲音如此哀悽，歷久不息。

不久眾多的神靈呼朋引伴而來，有的在清澈的流水中嬉戲，有的在水中的沙洲上飛翔，有的在河底採摘耀眼的明珠，有的在岸邊拾取翠鳥的羽毛。湘水女神、漢水女神都跟隨著洛水女神，哀嘆著匏瓜星的孤零、同情著牽牛星的寂寞。她舉起了衣袖遮住了陽光，輕柔的上衣隨風飄動，像輕盈的飛鳥般在水上移動，飄忽若神不可捉摸，她在水面上細步行走，腳下掀起了淡淡的漣漪。她的行動難以捉摸，時而驚險、時而安逸，她的心思難以預測，若遠若近，若即若離。在顧盼之間，她眼波流轉，姣好的容顏如美玉般柔嫩滑潤，欲語還休，氣息中散發著淡淡的幽蘭香味，如此美麗婀娜，使我渾然忘我，忘了自己身在哪裡。

然而風神將風停下，河伯止住了河水的波動，敲響了鼓聲，女媧清亮的歌聲揚起。飛魚騰出水面，鸞轎前的鸞鈴不住鳴響，六條龍莊重的整飭聚首，載著雲車緩緩而來。鯨鯢爭相躍出水面夾護車駕，水鳥們穿梭飛翔兩旁護衛，於是洛水女神越過了北面的小洲，翻過了南方的山崗，回轉美麗的容貌，輕輕動著朱唇，訴說著她的一片衷腸，可恨人與神的道路不同，可嘆青春的愛情不隨人意。她舉起了袖子想擦乾眼淚，卻淚流滾滾，沾濕了衣裳。她傷心著如此美好的聚首永遠不再，自此將天各異鄉，沒有什麼東西足以為這段感情作為紀念，就將耳上的明玉璫獻給了我。她告訴我，她雖然隱居在天界，但會日夜思念著我，臨別的話還沒說完，她已經消失不見，神光隨著她而消散，獨留我滿心悵然。

於是我翻山越嶺，不管走到哪裡，心神都思思念念著她所停留過的地方。不斷的回想著她的容貌姿態，滿懷愁緒。我盼望她能夠再度出現，乘著輕舟逆流而上，追尋她的蹤跡，在長川中四處漂泊、流連忘返，相思綿長，更加深了我對她的愛慕，夜晚心緒難安難以入睡，任霜露沾濕了我的衣裳，直到天色大亮。只好呼喚僕夫啟程，繼續我東歸的旅途，我拉住馬韁，舉起了馬鞭，卻仍忍不住徘徊，久久不忍離去。

【從詩詞看甄嬛】

曹植途經洛水，見到了洛水女神宓妃，就算這位女神貌美如花，讓曹植神魂顛倒，但究竟為何會與他的皇嫂甄氏扯上關係？因為《昭明文選》裡有一段記載，說曹植曾向父親曹操要求要娶甄氏，誰知曹操非但沒有應允，還讓甄氏嫁給了曹丕，曹植為此忿忿不鬱，對甄氏日思夜想。後來甄氏死於黃初二年，而曹植在她死後一年入京，必定是因此觸景生情，才會寫下如此動人的〈洛神賦〉。

這樣的說法確實十分美麗，不過，曹植與甄氏相戀的可能，還當真是微乎其微。曹操攻佔冀州鄴城時，曹植還不過是個十一歲的孩子，怎麼可能開口要求娶甄氏？更何況甄氏的年紀又比曹植大了十一歲？後世之所以如此穿鑿附會，最有可能的原因，是因為〈洛神賦〉原名〈感鄄賦〉，是曹植感嘆自己受到帝王冷落，受封鄄地一事，而古時候「鄄」與「甄」是通用的，於是在穿鑿附會之下，「感鄄」變成「感甄」，曹植與甄氏之間，也就扯上關係了。

1. 雍正名為胤禛，「禛」與「甄」同音。
2. 見《三國志．魏書．后妃列傳》。

叔嫂戀、洛神賦與樓東賦（下）

傳說總是比事實要來得美麗而且富傳奇性一些，曹植與甄氏的叔嫂戀恐怕子虛烏有，就如同歷史上的雍正肯定也沒有一個名叫甄嬛的妃子一樣，雖然並非史實，卻十分動人。甄氏是曹植的皇嫂，甄嬛也是允禮的皇嫂，殿選時皇上以甄氏比甄嬛，必定並非巧合，而是編劇匠心獨具，為叔嫂戀埋下的伏筆。

其後，溫宜公主的生辰上，甄嬛跳驚鴻舞，翩若驚鴻、婉若游龍的舞姿，宛如洛水女神凌波微步於洛川之上，不僅驚艷了小叔、迷倒了皇上，更使得華妃與曹貴人嚇出一身冷汗——因為，誰都沒料到甄嬛是這樣的擅於舞技，曹貴人使計陷害甄嬛跳驚鴻舞，不過是為了華妃鋪梗，好讓她有機會提起〈樓東賦〉。

樓東賦　　江采蘋

玉鑒[一]塵生，鳳奩[二]香殄。懶蟬發[三]之巧梳，閑樓衣之輕練。苦寂寞於蕙宮，但凝思乎蘭殿。信[四]飄落之梅花，隔長門而不見，況乃花心颺[五]恨，柳眼弄愁。暖風習習，春鳥啾啾。樓上黃昏兮，聽鳳吹[六]而回首；碧雲日暮兮，對素月而凝眸。溫泉不到，憶拾翠之舊遊；長門深閉，嗟青鸞[七]之信修。

憶昔太液[八]清波，水光蕩浮，笙歌宴賞，陪從宸旒[九]。奏舞鸞之妙曲，乘畫鷁[十]之仙舟。君情繾綣，深敘綢繆[一一]。誓山海而長在，似日月而無休。

柰何嫉色庸庸[一二]，妒氣衝衝，奪我之愛幸，斥我於幽宮。思舊歡之莫得，夢相著乎朦朧，度花朝與月夕，若懶對乎春風。欲相如[一三]之奏賦，奈代才之不工。屬愁吟之未盡，已響動乎疏鍾。空長歎而掩袂，躊躇步於樓東。

【注釋】

一、鑒：鏡子。

二、奩：鏡匣。

三、蟬發：發通「髮」，古時候以「蟬鬢」形容女子的頭髮。

四、信：任憑。

五、颺：飛揚之意。

六、鳳吹：笙、簫等弦管樂。

七、青鸞：傳說中的神鳥，可以為人傳遞信件、互通消息。
八、太液：太液池，唐代的溫泉池名。
九、宸旒：帝王所戴的冠帽，代指皇帝。
十、鷁：音同「益」，一種水鳥。古時船首常繪以鷁鳥做為裝飾。
十一、綢繆：親密、纏綿之意。
十二、庸庸：煩擾的樣子。
十三、相如：此指司馬相如。

【語譯】

珠玉鑲飾的鏡子已然蒙上灰塵，用鳳凰雕刻作裝飾的鏡匣裡收藏的首飾也久已不用，雲鬢蟬翼般的秀髮再也懶得梳妝打理，美麗的衣裳閒放在一邊。我在香草依依的蕙宮裡，悽苦寂寥，獨自凝思，任憑梅花飄落，隔著長門，又怎麼看得見呢？況且花心飄揚著怨懟，像美人狹長雙眼的柳葉，也飽含著愁緒。暖風習習的吹拂，春鳥啾啾的鳴叫，我獨自在上陽東宮的樓閣上，黃昏時聽見絲竹聲飄來，忍不住回首，日暮時對著月亮，愁苦的凝眸遠眺。

我再也到不了溫泉池了，只能回想著往昔嬉遊時，撿拾翠羽的美好回憶，如長門宮這般的冷宮幽深緊閉，只能依靠青鸞鳥來傳達我的思念。我想起當年太液池的清波粼粼、水光瀲灩，笙歌美妙、宴會歡席，我陪伴著聖駕，欣賞著如鳳鳴般的仙音妙曲、乘坐著船首上繪以鷁鳥作裝飾的仙舟，皇上深深寵愛著我，與我兩情繾綣，訴說著親密纏綿的情話，立下浪漫的誓言，約定彼此的情意就像山川海洋一般永遠存在，就像日月一般絕不停休。

奈何楊玉環的嫉妒是那樣的惱怒、那樣的怒氣沖沖，奪走了我的寵愛，將我貶斥到上陽東宮這樣幽深的地方。我日思夜想著與皇上舊日的恩情，卻難以再得，只能在朦朧的夢境中得見。我獨自寂寥的度過了多少花朝月夜，已經羞慚地無法面對春風了。想要像司馬相如般揮筆寫就感人的〈長門賦〉，奈何我卻沒有他那般的文采，即使我的愁怨還未曾道盡，但報曉的晨鐘已然鳴起。我掩面空自長嘆，在樓東獨自徘徊。

【從詩詞看甄嬛】

梅妃這個人，在正史上從無提及，今人所知之梅妃佚事，多半來自於宋代傳奇《梅妃傳》。傳說中梅妃姓江名采蘋，她十分美麗、飽讀詩書、又會跳舞，跳起〈驚鴻舞〉時飄逸出塵、宛若仙人，十分受唐玄宗寵愛，戲稱她為「梅精」。不過好景不常，楊貴妃入宮後，梅妃的地位一落千丈，楊貴妃驕矜霸道，不斷對玄宗大進讒言，最後梅妃竟被趕到了上陽東宮。

皇帝總是寡情，曾與他朝夕相伴、日夜相對的梅妃，很快地變成他百般無聊時才會想起的曾經。有回玄宗突然想起梅妃，派人偷偷去把梅妃接了來，兩人敘起舊情，正悲不自勝時，楊貴妃卻突襲而至！

玄宗生怕楊貴妃生氣，在匆忙之間，居然把梅妃藏到了簾幕後頭，堂堂帝王召幸妃子，居然還怕被楊貴妃知道，可見楊貴妃是多麼的恃寵而驕，而皇帝又是多麼的迷戀她，才給了她這樣的權力！

楊貴妃不肯善罷干休，在寢宮大吵大鬧，唐玄宗不知如何收尾，只好拉起棉被裝睡，結果這一裝，他竟然還真睡著了，梅妃不知道該怎麼辦，只得寂寥落寞的回到了冷清的上陽東宮。

回到上陽東宮後，梅妃對玄宗日夜思念，不禁想起漢武帝時陳皇后失寵，重金禮聘司馬相如為她作〈長門賦〉一事，她請宦官高力士為她尋找一個如司馬相如般文采斐然的文士，可是高力士怕惹得楊貴妃不痛快，斷然地拒絕了梅妃的請求，梅妃在絕望之下，只得自己動筆寫就了〈樓東賦〉。

若論文辭華美，梅妃自然及不上司馬相如，〈樓東賦〉自然比不上〈長門賦〉，可是若論情詞懇切，梅妃自述其苦的真摯，未必遜於司馬相如代擬之作。唐玄宗看了梅妃寫的〈樓東賦〉，心裡感動，只是楊貴妃不停在一旁叨嚷，一下說梅妃對聖上「心懷不滿」、一下說梅妃「怨恨皇帝」，要求唐玄宗賜死梅妃，玄宗雖不置可否，可終究還是把〈樓東賦〉與梅妃拋諸腦後了。

後來又有一次，玄宗閒暇無事時想起了梅妃，命人「偷偷」送去一斛珍珠，賜於梅妃，可是梅妃已經徹底看透了玄宗的無情了，哀莫大於心死，她不想再接受唐玄宗偶然想起的施捨，斷然將珍珠退了回去，還附上一首詩表明自己的絕望，那首詩是這樣寫的：「桂葉雙眉久不描，殘妝和淚污紅綃，長門盡日無梳洗，何必珍珠慰寂寥。」皇上既不來探望我，我早已不再裝扮了，這麼多年來，皇上都對我的寂寥不聞不問，現在又何必眼巴巴的著人送來珍珠打發我呢？

後來安史之亂爆發，玄宗偕楊貴妃逃往四川，就這樣把梅妃遺棄在亂軍佔領的長安城裡，等到安史之亂平定，玄宗終於回到長安時，梅妃卻已不知所蹤。玄宗派人四處尋找，還找來可以靈魂出竅的道士，上窮碧落下黃泉的尋尋覓覓，得到的回報都叫他失望。有一個宦官獻了一幅梅妃的畫像給玄宗，玄宗撫畫，悲慟不已。終於，梅妃入了他的夢，在夢中告訴玄宗自己已死於亂軍之中，屍骨埋於太液池旁。玄宗醒後立即命人挖掘，在溫泉池旁的梅樹下，挖出了梅妃屍骨，仔細查看，胸下還有刀痕，皇帝痛哭失聲，親自寫了祭文懷念她，並依照妃子該有的祭禮，將她遷葬別處。

甄嬛當然沒有楊貴妃那樣霸道，華妃也沒有梅妃那樣可憐，不過看來無論哪一個朝代的皇帝，居然都是差不多的。他們有了新人就忘了舊人、對失寵的妃子不聞不問，任其自生自滅，直到末了想起來時，替她們辦一場風風光光的葬禮，就算補償了嗎？華妃那樣深愛皇上，卻因為皇帝忌憚年羹堯，自始至終害她不孕，等她知道真相、痛苦的撞牆而死，才按照貴妃儀制操辦華妃喪禮。說到底，人既已死，再如何做都是枉然，皇帝賜與哀榮，不過是在偶爾良心發現、覺得愧疚的時候，用來為自己的無情開脫罷了。

司馬相如與卓文君（上）願得一心人

還記得甄嬛帶著剪紙小像，在除夕之夜倚梅園中許下的願望嗎？她第一個願望，是希望家人健康安好，第二個願望，是希望自己能在宮中平安終老，那第三個呢？她祈求的是「願得一心人，白首不相離」，只是她沒有說出口，直到後來她與皇上熱戀，才悄悄說給了瑾汐聽。

戀愛中的女子患得患失，甄嬛自然也是，心上人居然是世上最無法一心的人，自然叫她憂愁，而瑾汐人情練達，比甄嬛成熟的多，當然知道該怎樣安慰一個戀愛中的少女，於是她對甄嬛說：「那就退而求其次，不求一心，但求有心。」

一心也好，有心也罷，這樣寥寥十字，訴說的是多麼困難的目標啊！首先得在茫茫人海中，尋到那個人，再來還得祈求上蒼保佑他無災無難、自己也無病無痛，兩人才能白頭到老。更何況，這個願望之於甄嬛，是多麼的不切實際、又不合時宜啊！她既已入宮，就注定生是皇上的人，死是皇上的鬼，可她竟敢以妃嬪之身，祈求「得一心人」，這若讓「有心人」聽到了，大概可以治她一個穢亂後宮之罪，連帶她第一個願望與第二個願望，都一起打破吧？

白頭吟　卓文君

皚[一]如山上雪，皎若雲間月。聞君有兩意[二]，故來相決絕。
今日斗[三]酒會，明旦溝水頭。躞蹀[四]御溝[五]上，溝水東西流。
淒淒復淒淒，嫁娶不須啼。願得一心人，白頭不相離。
竹竿[六]何嫋嫋[七]，魚尾何簁簁[八]。男兒重意氣[九]，何用錢刀為。

【注釋】

一、皚：潔白之意。
二、兩意：二心。
三、斗：酒器。
四、躞蹀：躞，音同「謝」。小步行走的樣子。
五、御溝：流經御苑的溝渠。
六、竹竿：用竹子做成的釣竿。
七、嫋嫋：形容搖曳不定的樣子。
八、簁簁：簁，音同「篩」，在這裡用以形容魚尾。古時以釣魚比喻男女求歡。

九、意氣：恩義、情誼。

十、錢刀：古時錢幣有鑄為馬刀型的，故稱錢刀。

【語譯】

夫妻之間的感情，本應像山上的雪那樣潔白無瑕，像雲間的月亮那樣光明美好，聽聞你已有了二心，所以我來與你訣別。今天與你一起喝酒聚會，明天就要在溝水頭分開。我將沿著御溝、緩步離去，和你之間的感情，就像溝水向東流，一去不回頭。我除了悲傷、還是悲傷。其實女子何須在嫁人時哭泣呢？只不過是想找到一個全心全意對待自己的人，白頭偕老罷了。釣竿在水面上搖晃，魚尾在水裡晃盪，男子漢大丈夫，應該重視恩義情誼，何必用錢來打發我呢？

【從詩詞看甄嬛】

這首〈白頭吟〉據說是卓文君寫的，但也有學者認為，如此成熟的五言詩，不大可能出現於西漢時代，應是後人偽作。不過，不管詩是誰寫的，詩裡講述的，應當便是卓文君與司馬相如的事。

正史中通常記載國家大事、名人賢臣，就算是出名的文人結婚娶親，通常也不過略提一句，可司馬相如與卓文君私奔的故事，卻明明白白記錄於《史記》之中。

根據《史記．司馬相如列傳》記載，司馬相如頗有文采，但乏人賞識，生活十分清苦，臨邛縣令與他交好，便邀請他到臨邛小住。卓文君的爸爸是臨邛縣的富翁，聽說縣裡來了個貴客，便設宴邀請，在宴席上，司馬相如彈了一曲〈鳳求凰〉，琴音精妙，使得剛剛死了丈夫的卓文君心蕩神馳，忍不住躲在門後，偷偷看著司馬相如，沒想到這一看，發覺他琴音既妙、風采更加，不禁對他戀慕不已，而司馬相如又請卓文君的婢女轉達他對卓文君的欣賞。既然妹有意、郎有情，卓文君便趁著夜黑風高、四下無人，與司馬相如私奔了。

不過司馬相如本來就窮得苦哈哈的，兩人私奔到司馬相如的成都老家之後，過得就更加拮据了。卓文君向司馬相如建議，不如兩人回臨邛吧，雖然卓王孫對女兒私奔一事氣憤得要命，但兩人只要向卓文君的同族兄弟借點錢，做個小生意，就可以設法維持生活了。於是兩人回到臨邛，將車馬賣掉，湊了些本錢，開了一家小酒館，文君當爐賣酒，司馬相如則穿著圍裙，和伙計們一起洗碗。

女兒跟人跑了，還大搖大擺拋頭露面，卓王孫不僅生氣，更覺得丟臉，怕被人恥笑，關在家裡不敢出去。他的親戚們看他這樣，只好勸他說：「你又不缺錢，司馬相如又是縣令的貴客，更何況你女兒已經失身於司馬相如了，你又何必這樣？」卓王孫沒有辦法，只好給了司馬相如不少錢財和奴婢，於是司馬相如和卓文君回到成都，過著富足的日子。

正史中對卓文君夜奔司馬相如的記載，大致如此。至於司馬相如後來變心、意欲納妾，卓文君在傷心之餘作〈白頭吟〉一事，則記載於筆記小說《西京雜記》之中。

司馬相如與卓文君（下）努力加餐勿念妾

在《西京雜記》中，司馬相如娶妾的事情是這樣的：

相如將聘茂陵人女為妻，卓文君作〈白頭吟〉以自絕，相如乃止。

司馬相如與卓文君私奔時，是十分落魄的，靠著卓王孫的救濟，才總算有了好日子過。不過他文采斐然，缺少的只是伯樂，漢武帝即位後，非常欣賞他的才學，司馬相如終於受到了重用。男人一旦顯赫起來，就開始欲求不滿，甚至嫌棄家中妻子這種事，司馬相如也不是開天闢地頭一個，起心動念、想要納妾，倒也很有可能；至於卓文君，她既然敢與人私奔，想來也不會是那種三從四德的女子，寫封信痛罵丈夫無情，也很合理；這其中最為難解的關節，恐怕就是司馬相如看了卓文君的詩後，居然痛改前非、打消納妾的念頭吧。

司馬相如想娶一個茂陵女子為妾，卓文君便寫了這首〈白頭吟〉要與他訣別。據說卓文君在〈白頭吟〉後面，還附上了一封訣別信，信是這樣寫的：

春華競芳，五色凌[一]素，琴尚在御，而新聲代故。錦水有鴛，漢宮有水，彼物而新，嗟世之人兮，瞀[二]於淫而不悟。朱弦斷，明鏡缺，朝露晞[三]，芳時歇，白頭吟，傷離別，努力加餐勿念妾，錦水湯湯[四]，與君長訣！

【注釋】

一、凌：凌駕之意。

二、瞀：音同「冒」，愚昧的意思。

三、晞：蒸發。

四、湯湯：在此讀作「商」，水流浩大的樣子。

【語譯】

春天的花爭奇鬥艷，絢爛的五彩顏色，凌駕於白色之上，琴聲尚在奏響，可新人卻已經取代了舊人。

在錦水、在漢宮，鴛鴦永遠雙宿雙飛，從不喜新厭舊，可嘆這世界上的人啊，卻總被美色所蒙蔽而不知道覺悟。

我們之間，就像斷了的琴弦、破了的明鏡、蒸發的露水、已經過去的花季，我寫了這首〈白頭吟〉獻給你，為我們的分手而傷心，祝你從此日子順遂、身體康健，不用再掛念我了，因為錦水如此浩瀚，就如同我要與你訣別的決心。

【從詩詞看甄嬛】

這一封信確實是氣勢磅礴，面對丈夫納妾，她並沒有淒楚哀怨的反覆形容自己的痛苦，卻明白的表示了自己哀莫大於心死的絕望。「琴尚在御，新聲代故」，想當年卓文君可是被司馬相如的琴聲吸引，才決心與他私奔啊，在宴會上，那首〈鳳求凰〉想必是動人心弦、纏綿至極吧？如今琴聲中的情致依然，只是丈夫所渴求的對象，卻已經不是自己了。既然如此，那又何必多做無謂的挽留？

就是因為景物依舊，才對比出人事全非的傷感。還記得《後宮甄嬛傳》裡那輛「鳳鑾春恩車」嗎？拉著馬轡的太監穿著象徵喜氣的紅衣、馬車四周懸掛著燈籠，那樣氣派、那樣招搖，哪個妃子不曾坐在裡頭，叮噹作響的宣告著皇帝的寵幸？而後她們看著那輛曾經將自己載到皇上身邊的馬車，照式照樣的載著別的女人，送進皇上的寢殿，心裡又作何滋味？

據說司馬相如看到〈白頭吟〉和詩後的訣別信後，就打消了納妾的主意，與卓文君言歸於好，可甄嬛早就無奈地接受皇帝必須三妻四妾的事實了，這不僅僅是因為她身處後宮、必須如此，更是因為她深愛著這個男人，才逼自己非得接納他有的缺點。皇上曾對甄嬛說過，若他並非天子、只是個富貴王爺，那麼，他只要有皇后這個賢妻、華妃和甄嬛兩個美妾「便足矣」，甄嬛聽了，也只能勉強一笑置之。瑾汐曾勸甄嬛「退而求其次」，甄嬛的確是步步退讓了，直到她發現自己跟本只是個替身，這些年為了愛情所作的妥協根本就不值得，也難怪她如此決絕，寧願出宮清苦修行，也不願再見到這個男人了。

漢武帝與李夫人

話說甄嬛因痛失腹中之子、怨懟皇上不肯懲處華妃，著實與皇上「冷戰」了好一陣子。後宮人拜高踩低，見她失勢，哪有不趕上來踏兩腳的道理？齊妃受富察貴人挑撥，在長街上命人賞她巴掌、罰她下跪，極盡屈辱之能事，卻意外地激發了甄嬛的鬥志。

為了在後宮中平安地活下去，甄嬛不得不施媚重得皇上歡心，又是捉蝴蝶藏在斗篷中、又是重擬當年梅林中許願的景象，果然把皇帝迷得暈頭轉向，當晚就跑到碎玉軒去敲門。可甄嬛一下裝睡、一下裝病，就是不肯痛痛快快的讓皇上得手，因為色衰而愛弛，是後宮中所有女子的噩夢，她舉出李夫人的例子，告訴擔心她得罪皇上的流朱，「只有永遠失去和最難得到的，才是最好的。」可見喪子一事，終究帶給她不小的打擊。

甄嬛口中提到的李夫人究竟是誰呢？其實李夫人在死後已被尊為孝武皇后，只是大家仍習慣稱她李夫人而已。根據《漢書》紀載，李夫人是李延年的妹妹，李延年因善於音樂，頗受漢武帝喜歡，一日他獻上一首歌給漢武帝，歌詞是這樣唱的：

北方有佳人　　李延年

北方有佳人，絕世而獨立。一顧傾人城，再顧傾人國。
寧不知傾城與傾國，佳人難再得！

【語譯】

北方有位佳人，她的美麗舉世無雙、無人能及。她回眸一笑，全城的人都為之傾倒，再度回眸，全國的人都為她的美麗驚艷。這樣傾城傾國的美人，難道不知一旦錯過，就再也難以尋覓了嗎？

【從詩詞看甄嬛】

武帝聽完以後，果然心嚮往之，忍不住問：「世上難道真有這樣傾國傾城的美人嗎？」武帝的妹妹平陽公主回答：「有啊，李延年的妹妹就是。」世上既然有美如廝，武帝怎會放過，立刻就把李夫人召進宮了。

李夫人容貌姣好、又能歌善舞，果然傾城傾國，使漢武帝大為傾倒，可惜紅顏薄命，卻在還十分年輕時病倒了，而且病得很重。武帝來探望她，她卻把臉蒙在被子裡，對武帝說：「我病得很重，容貌憔悴，怎麼還敢見皇上呢？請皇上愛屋及烏，將關愛我的這份心，轉為關愛我的家人吧！」武帝堅持要見，李夫人卻又再度回絕道：「我不僅容顏憔悴，又沒有打扮梳洗，不敢見您。」武帝沒有辦法了，就對李夫人承諾道：「只要妳肯讓我見妳一面，我就立刻升妳哥哥和弟弟的官。」可李夫人三度拒絕了武帝：「我的家人能不能升官，全在於皇上您的決定，而不在於我見不見您。」然後就轉過身子，背對武帝了。

武帝好說歹說，李夫人都不肯讓步，只好黯然離去了，皇上這一走，李夫人的姊妹忍不住責備起李夫人居然如此狠心，李夫人才說道：「我之所以不肯見皇上，都是為了我的兄弟著想啊！皇上寵愛我、願意加封我的兄弟，都是因為我的容貌。以色事人者，色衰而愛弛，如今我不再美麗，若是皇上看到我衰敗的容貌，只會厭惡我、嫌棄我，哪裡還會照顧我的兄弟呢？」

後來李夫人病故，武帝思念不已，不僅作詩懷念她，更升了她的哥哥李延年、以及弟弟李廣利的官。華妃說：「賤人就是矯情。」可矯情果然有點作用，甄嬛欲拒還迎，使得皇上對她念念不忘，果然自此平步青雲，過了一段極為風光的日子。

只不過，李家雖因李夫人受寵之故而顯赫一時，可後來下場卻十分悽慘。李延年有個弟弟穢亂後宮，武帝怒而誅李延年一家。而李廣利身為將軍，卻投降匈奴，武帝亦誅其全族。即便榮寵一時，但到後來，還是落得全族無一倖存的下場。可見皇帝的寵愛原本就不持久，只不過是時間早晚的問題罷了。

明妃王昭君出塞

準噶爾的可汗摩格向皇帝求娶甄嬛，而皇上為了試探允禮是否與甄嬛私通，故意讓甄嬛以為她真要被送去和親時，甄嬛不敢置信，震驚地對皇上說：「明妃出塞，乃是元帝畢生之痛。」請求皇帝打消念頭，這個讓皇帝畢生痛苦的明妃，到底是何許人也？

明妃其實就是王昭君。關於王昭君，《後漢書》是這樣寫的：

昭君字嬙，南郡人也。初，元帝時，以良家子選入掖庭。時呼韓邪來朝，帝勑以宮女五人賜之。昭君入宮數歲，不得見御，積悲怨，乃請掖庭令求行。呼韓邪臨辭大會，帝召五女以示之。昭君豐容靚飾，光明漢宮，顧景裴回，竦動左右。帝見大驚，意欲留之，而難於失信，遂與匈奴。生二子。及呼韓邪死，其前閼氏子代立，欲妻之，昭君上書求歸，成帝勑令從胡俗，遂復為後單于閼氏焉。

其實，王昭君應該從未當過漢元帝的嬪妃，「明妃」只是後人對她的稱謂，《昭明文選》裡寫道：「王明君者，本是王昭君，以觸文帝諱改焉」，這裡所說的文帝是司馬懿的兒子司馬昭，很有可能「明妃」這個稱呼是從西晉才開始有的，從頭到尾，她都只是個宮女而已。

宮女雖然是奴才的身分，但也不是誰都可以當，畢竟她們伺候的人，都是皇親國戚，在宮裡走來走去，更可能被皇上看中，若因此生下皇子、甚至變成太妃、太后也未可知，所以最最起碼，也得要是家世清白、知根知底的人才行。漢朝時的宮女，是皇宮派人到民間選來的，挑選的標準，自然是五官端正、身家清白的「良家子」，所以《後漢書》裡說王昭君以「良家子選入」。

可是宮中人那麼多，王昭君入宮數年，連皇帝都沒見過，更別說是被寵幸了，心裡難免有些怨恨。剛好匈奴的單于呼韓邪來到宮中，說自己願意當「漢家女婿」，皇帝很高興，就下令賜給單于五個宮女。昭君在宮中多年，都沒有發展，大概不想再耽誤青春，於是向掖庭令請求，自己報名出塞。在呼韓邪即將返回匈奴前的辭行宴會上，皇帝把要賜給他的五個宮女叫出來，到這時，漢元帝才第一次見到王昭君。漢元帝錯愕的發現，這個被自己賜給匈奴的宮女是如此的美麗動人、嬌豔無比，當下就後悔的不得了，可是都已經答應要賜給匈奴了，這是國與國的協定，又怎麼能反悔？

所以，昭君還是去和親了，她嫁給呼韓邪，生了兩個兒子。呼韓邪過世後，繼位的單于依照胡俗，意欲娶她為妻，她寫信回漢朝請求歸還，可是漢元帝也死了，新繼位的成帝哪裡會在乎一個被賜給匈奴的宮女？自然是命令她尊從匈奴的習俗，嫁給新的首領，所以，王昭君這一出塞，就再也沒有回來了。

《後漢書》對昭君出塞的記載大抵如上，《漢書》則有些差異，其一是賜與單于的宮女並沒有五人、而只有昭君一人，其二是少了昭君「積悲怨，乃請掖庭令求行」這一段，昭君並沒有自己報名出塞，而是倒楣給選中了。兩漢書雖有差異，但差別不大。

真正給昭君添上一段令後人婉惜的故事的，其實是《西京雜記》。《西京雜記》上說漢元帝宮中女人一大堆，他看都看不完，乾脆叫畫師幫這些女人都畫張人像，按圖召幸。於是所有的人紛紛賄賂畫工，希望畫工把自己畫得美一些，獨獨王昭君不肯，所以一直沒被寵幸。後來匈奴單于入朝，請求要娶漢家女子，皇上就從圖畫中挑中了昭君，等見到她的真人，發現她美貌無雙時，卻已經來不及了。漢元帝為此大發脾氣，下令殺了不少宮中畫師，其中還包含了當時的大畫家毛延壽。後人據此改編，將毛延壽形容得奸詐不已，更盛讚昭君行事剛直，不肯行賄。

其實這些傳聞佚事，所要表達的，大概都是對昭君遠離家國、不復得歸的同情。甄嬛曾經說過，只有永遠失去、和最難得到的，才是最好的。對漢元帝來說，有個美女在身旁多年，自己竟然沒有發現，只得白白送給匈奴，恐怕不只「永遠失去」之痛、「難以得到」之苦、還有「煮熟的鴨子飛了」的扼腕，用「畢生之痛」來形容，大概也勉強可以吧！

參考書目

《全唐詩》（全十二冊）：清聖祖 敕編，1971年5月，明倫出版。
《全宋詞》（全五冊）：唐圭璋 編，1975年3月，明倫出版。
《全宋詩》（全七十二冊）：北京大學古文獻研究所 編，1991年，北京大學出版。
《樂府詩集》（全二冊）：郭茂倩 編，1984年，里仁書局出版。
《唐宋詩舉要》（全二冊）：高步瀛 編著，1964年1月，世界書局出版。
《唐宋詞選注》：張夢機／張子良 選注，2003年9月，華正書局出版。
《詩經詮釋》：屈萬里 著，1983年2月，聯經出版。
《唐詩鑑賞辭典》（全二冊）：蕭滌非 等著，1995年4月，五南圖書出版。
《牡丹亭》：湯顯祖 著／邵海清校注，2000年2月，三民出版。
《古文鑑賞集成》（全三冊）：吳功正等 編著，1996年6月，文史哲出版。
《新譯西京雜記》：曹東海注譯／李振興校閱，1995年8月，三民書局。
《新譯昭明文選》（全四冊）：梁蕭統 編／周啟城等注譯，2007年11月，三民出版。
《新譯唐才子傳》：戴陽本 注譯，2005年9月，三民出版。

看甄嬛學詩詞——六十六首詩詞出戲入戲

作　者／時　晴
裝禎設計／申朗設計
編輯協力／楊逸芳
行銷企劃／夏瑩芳、王綬晨、呂依緻、邱紹溢、陳詩婷、張瓊瑜、郭其彬
主　編／王辰元
企劃主編／賀郁文
總 編 輯／趙啟麟
發 行 人／蘇拾平
出　版／啟動文化
台北市105松山區復興北路333號11樓之4
電話：（02）2718-2001　傳真：（02）2718-1258
發　行／大雁文化事業股份有限公司
台北市105松山區復興北路333號11樓之4
24小時傳真服務（02）2718-1258
讀者服務信箱 Email:andbooks@andbooks.com.tw
劃撥帳號：19983379
戶名：大雁文化事業股份有限公司
香港發行／大雁(香港)出版基地．里人文化
地址：香港荃灣橫龍街78號正好工業大廈25樓A室
電話：852-24192288　傳真：852-24191887
Email:anyone@biznetvigator.com

初版1刷／2013年04月
初版4刷／2017年04月
定　價／299元
ISBN 978-986-89311-2-1

歡迎光臨大雁出版基地官網www.andbooks.com.tw
訂閱電子報並填寫回函卡

國家圖書館出版品預行編目(CIP)資料

看甄嬛學詩詞：80首詩詞裡的出戲入戲 / 時晴作. -- 初版. --
臺北市：啟動文化出版：大雁文化發行, 2013.04
面； 公分
ISBN 978-986-89311-2-1(平裝)

855 102005826